A LUA NA SARJETA

Livros do autor na Coleção **L&PM** Pocket

Atire no pianista
A garota de Cassidy
A lua na sarjeta
Sexta-feira negra

David Goodis

A LUA NA SARJETA

Tradução de Edmundo Barreiros

www.lpm.com.br

Coleção **L&PM** Pocket, vol. 482

Título do original: *The Moon in the Gutter*

Tradução: Edmundo Barreiros
Revisão: Renato Deitos, Jó Saldanha e Daise Mietlicki
Capa: Ivan Pinheiro Machado

ISBN: 85.254.1499-9

G652L   Goodis, David, 1917-1967.
        A lua na sarjeta / David Goodis; tradução
    de Edmundo Barreiros. -- Porto Alegre: L&PM, 2005.
        224 p. ; 18 cm. -- (Coleção L&PM Pocket, n.482)

            1.Literatura norte-americana-Romances policiais.
  I.Título. II.Série.

                    CDD 813.72
                    CDU 821.111(732)-312.4

Catalogação elaborada por Izabel A. Merlo, CRB 10/329.

© da tradução, L&PM Editores, 2005
© 1953 pelo espólio de David Goodis. Copyright renovado. Todos os direitos mundialmente reservados.

Todos os direitos desta edição reservados à L&PM Editores
Porto Alegre: Rua Comendador Coruja 314, loja 9 - 90220-180
Floresta - RS / Fone: 51.3225.5777
Pedidos & Depto. comercial: vendas@lpm.com.br
Fale conosco: info@lpm.com.br
www.lpm.com.br

Impresso no Brasil
Verão de 2006

Capítulo 1

Na entrada da ruela que dava para a Vernon Street, um gato cinza esperava que uma ratazana grande saísse de seu esconderijo. O rato tinha corrido para dentro de um buraco na parede do barraco de madeira e, agora, o gato estava inspecionando todas as fendas estreitas e se perguntando como o rato conseguira se espremer para passar por ali. O gato esperou, na escuridão grudenta de uma meia-noite quente, por mais de meia hora. Quando foi embora, deixou a marca de suas patas no sangue seco de uma garota que tinha morrido ali na viela uns sete meses atrás.

Alguns instantes depois, o beco estava silencioso. Então ouviu-se o som dos passos de um homem que se aproximava lentamente pela Vernon Street. E naquele momento ele entrou no beco e ficou imóvel sob a luz do luar. Estava olhando para as marcas de sangue seco no chão.

O homem se chamava William Kerrigan e era irmão da garota que tinha morrido ali no beco. Nunca gostava quando visitava aquele local, mas aquilo se parecia com um mau hábito que ele desejava poder largar. Ultimamente tinha ido até ali noite após noite. Ele se perguntava o que o levava a fazer aquilo. Às vezes tinha a sensação de que naquilo havia uma vaga conexão com culpa, como se de alguma maneira indireta ele tivesse falhado por não evitar sua morte. Mas em momentos mais racionais sabia que sua irmã morrera simplesmente porque queria morrer. As marcas de sangue foram causadas por uma lâmina enferrujada que usou na própria garganta.

Quando aconteceu, ele estava preso a uma cama em uma enfermaria. Era estivador e, um dia nas docas, um engradado enorme caíra de sua amarração com força sobre ele, quebrando suas duas pernas. Na terceira semana em que estava no hospital, contaram a ele sobre o suicídio de sua irmã.

Era, sem dúvida, um caso de suicídio, mas as circunstâncias eram um tanto incomuns e as autoridades resolveram fazer uma autópsia. Descobriram que ela tinha sido estuprada. Concluíram que ela não suportara o choque, a vergonha, e em um momento de desespero resolveu acabar com a própria vida.

Não havia pistas que indicassem quem a estuprara. Aquele era o tipo de vizinhança na qual o número de suspeitos seria infinito. Alguns foram detidos, interrogados e liberados. E a investigação se limitou a isso.

Sete meses atrás, pensou Kerrigan. Ele ficou ali de pé olhando para as manchas de sangue. Houve algumas tentativas de lavá-las, e as chuvas de verão as haviam atenuado bastante, mas as nódoas secas e vermelhas agora faziam parte do calçamento do beco, manchas que não podiam ser apagadas. Manchas que brilhavam ao refletir a luz do luar.

Kerrigan baixou a cabeça. Fechou os olhos bem apertados. Seu estado de ânimo era uma mistura de pesar e raiva inútil. Ele se perguntou se a raiva, algum dia, teria um alvo. Seus olhos se abriram outra vez e ele viu as marcas de sangue. Aquilo era como ver um ponto de interrogação permanente.

Ele deu um suspiro profundo. Era um homem grande, mais para largo que para alto. Tinha ombros enormes, resultado de uma estrutura poderosa, composta de músculos fortes, cem quilos deles, distribuídos em 1,78 metros de altura. Seus cabelos eram negros e fartos, penteados para trás, e ele tinha olhos azuis e um nariz que fora quebrado duas vezes, mas ainda estava alinhado com o resto do rosto. Do lado esquerdo da testa, descendo na direção de sua bochecha, havia uma cicatriz funda e recortada, resultado de um entrevero nas docas, quando alguém usara nele um soco-inglês de metal. Do outro lado, perto do canto da boca, havia outra linha de carne cicatrizada, feita pela faca de alguém. As cicatrizes não eram nem um pouco inusitadas, apenas insígnias que significavam que ele morava na Vernon Street e trabalhava nas docas. Só um estivador de 35 anos de idade que estava ali de pé no escuro pensando em uma garota morta chamada Catherine.

Ele estava dizendo a si mesmo: ela tinha aquelas qualidade natas, era pura, e isso faz com que a sensação seja ainda pior. Mas também é preciso dar crédito a ela pelo que era. Nascera e crescera nessa rua de marginais, mendigos, bêbados e malucos, e mesmo com toda essa sujeira ao seu redor, conseguiu permanecer limpa por todos os 23 anos de sua vida.

Ele deu um suspiro e sacudiu a cabeça devagar. Nesse momento, alguém chamou seu nome e ele se virou e viu a camisa pólo rasgada e desbotada, as calças que não podiam mais ser remendadas. Viu o cadáver de rosto fundo. A cara e o corpo de seu irmão mais novo eram um desperdício vivo de tempo e energia.

– Oi, Frank – disse ele.

– Tenho procurado você.

– Por quê? – Mas ele já sabia. Bastava um olhar para o rosto de Frank para saber. Ele sempre sabia.

Frank deu de ombros.

– Grana.

Estava ansioso por livrar-se de Frank e disse:

– De quanto você precisa?

– Cinqüenta dólares.

Kerrigan deu um sorriso seco.

– Vamos fechar em cinqüenta centavos.

Frank deu de ombros outra vez.

– Tudo bem. Acho que vai dar.

Aceitou a moeda de prata, sopesou-a na palma da mão, então guardou-a no bolso das calças. Tinha 29 anos. A maior parte de seu cabelo já estava branco. Sua dieta diária consistia principalmente de barras de chocolate de cinco centavos, amendoins de máquina e tanto álcool quanto conseguisse derramar goela adentro. Tinha um razoável talento com as cartas, os dados e os tacos de bilhar, apesar de ser um fracasso como ladrão de bolsas e carteiras. Eles não o mandaram para a penitenciária por isso. Apenas o levaram para uma sala dos fundos do distrito policial e o moeram de pancada. Depois disso, ele se manteve afastado dos pequenos furtos. Mas continuava orgulhoso de sua ficha criminal e gostava de falar sobre as grandes operações que um dia iria fazer, os negócios e transações importantes que manipularia e os territórios que controlaria. Há muito tempo atrás Kerrigan perdera a esperança de que Frank fosse qualquer coisa além de um bêbado e um vagabundo de esquina.

– Tem um cigarro sobrando? – perguntou Frank.

Kerrigan pegou um maço de cigarros. Deu um para Frank, botou um na boca e riscou um fósforo.

Percebeu que Frank estava olhando além dele, os olhos lacrimosos apontando para a escuridão do beco. Frank estava com uma expressão pensativa, depois parecia questionar algo e finalmente murmurou:

– Você vem sempre aqui?

– De vez em quando.

Os olhos de Frank se apertaram.

– Por quê?

Kerrigan deu de ombros.

– Não tenho certeza. Bem que eu gostaria de saber.

Frank ficou em silêncio por alguns instantes, então falou:

– Ela era uma menina legal.

Kerrigan balançou a cabeça.

– Uma menina muito legal – disse Frank, e deu um trago profundo no cigarro. Soltou a fumaça e então acrescentou: – Boa demais para este mundo.

Kerrigan estava com um sorriso gentil.

– Você também sabe disso?

Estavam olhando um para o outro. O rosto de Frank não tinha qualquer expressão. Seus lábios se contorciam e ele piscava muito. Parecia estar prestes a dizer algo e apertava bem a boca para não dizer. Suas cordas vocais moviam-se em espasmos enquanto ele engolia as palavras não ditas.

A expressão de Kerrigan se fechou um pouco.

– Em que você está pensando?

– Nada.

– Você parece nervoso.

– Sempre estou nervoso – disse Frank.

– Relaxe – sugeriu Kerrigan. – Ninguém está atrás de você.

Frank levou o cigarro à boca, deu um trago rápido e mordeu e cuspiu os fiapos de tabaco que escapavam dele. Olhou para o lado.

– Por que alguém estaria atrás de mim?

– Motivo nenhum – disse Kerrigan calmamente. Mas, por dentro, sentiu-se retesar um pouco. – Quer dizer, a menos que você tenha feito alguma coisa.

Frank respirou fundo. Parecia estar encarando o vazio. Seus lábios mal se moveram quando ele disse:

– Como o quê?

– Não pergunte para mim. Não controlo você.

– Tem certeza que não?

– Por que eu deveria? Você é grande o suficiente para saber se cuidar.

– Ainda bem que você sabe disso – disse Frank. Ele aprumou os ombros, tentava parecer frio e durão. Mas seus lábios se contorciam e ele continuava a piscar. Deu outro trago conclusivo no cigarro e disse: – A gente se vê.

Kerrigan o observou se afastar, cruzar os paralelepípedos da Vernon Street e se dirigir ao bar na esquina da Third com a Vernon. O nome do lugar era Dugan's Den e era o único lugar na vizinhança que vendia bebida legal. Todos os outros botecos ficavam nos fundos de barracos de madeira ou nos porões de prédios residenciais. A maior parte do álcool vendido na Vernon Street era feita em casa e as autoridades há muito tempo haviam desistido de prender todos os contrabandistas. De vez em quando havia uma batida, mas isso não significava nada. Eles nunca ficavam presos por muito tempo. Apenas o suficiente para que lembrassem que a propina devia ser paga em dia, e alguns dias depois eles estavam de volta aos negócios no mesmo ponto.

Ficou ali no limite do beco e observou a figura de espantalho de seu irmão caminhar na direção das janelas sujas do Dugan's Den. Quando os cinquenta centavos terminassem, Frank ficaria pelo Dugan's e mendigaria bebida, ou talvez roubasse algumas moedas de cima do balcão do bar e corresse para o estabelecimento mais próximo onde vinte centavos comprariam um copo grande cheio de birita vagabunda. Mas não havia motivo para se preocupar com Frank.

Não havia motivo sequer para pensar em Frank. Frank era uma vergonha, mas muita gente era uma vergonha.

Vozes que se aproximavam interromperam seus pensamentos. Ele ergueu os olhos e viu os dois homens. Reconheceu Mooney, o pintor de letreiros. O outro sujeito era um operário de construção chamado Nick Andros. Eles chegaram sorrindo. Disseram oi, e ele respondeu com um aceno de cabeça amistoso. Eram homens da sua idade e ele os conhecia há muitos anos.

– Como vai, tudo bem? – cumprimentou Nick.

– Tudo certo, mas nada especial.

– Está procurando alguma coisa? – perguntou Nick. Era baixo, muito gordo e tinha um nariz enorme. Totalmente careca, seu crânio lustroso refletia o brilho da iluminação pública e do luar.

Kerrigan sacudiu a cabeça.

– Só saí para pegar um pouco de ar.

– Que ar? – resmungou Mooney. – O termômetro está marcando mais de 35 graus. Isso aqui está parecendo um forno.

– Tem uma brisa vindo do rio – disse Kerrigan.

– Que bom que você está sentindo – disse Mooney. – Meu jantar foi um prato de gelo. Só gelo.

– Isso só piora as coisas – disse Kerrigan. – Você devia tentar um banho morno.

– Eu devia tentar alguma coisa – disse Mooney. – Não agüento esse maldito tempo. – Ele era alto e forte, com ombros arqueados e um pescoço grosso. O cabelo era cor de cenoura e abundante, e ele sempre o mantinha bem penteado, repartido ao meio e bem esticado para baixo. Sua pele era muito branca, quase como a de uma criança. Apesar de ter 36 anos, seu rosto não tinha rugas, e seus olhos verde-cinzentos eram claros e luminosos.

O único sinal de sua idade estava na voz. Parecia mais ou menos um menino grande demais. Na verdade, era um homem muito viajado que tinha estudado pintura na Itália com uma bolsa e fora considerado uma descoberta importante nos círculos artísticos da Europa. Ele voltara para os Estados Unidos para ver suas aquarelas aclamadas pela crítica, mas ignoradas pelos compradores. Por isso, mudou de estilo em um esforço para conseguir vender, e os críticos acabaram com ele e então o esqueceram. E todos se esqueceram dele, que voltou para a Vernon Street e começou a pintar letreiros para comer. Às vezes, quando estava bêbado, falava sobre sua carreira artística, e se estivesse extremamente bêbado, gritava que estava planejando outra exposição em um futuro próximo. Mas não importava o quão bêbado estivesse, nunca falou nada contra os críticos e os colecionadores. Na verdade, nunca falou qualquer coisa sobre eles. Seu principal ressentimento era com o tempo.

Nick estava rindo:

– Você devia tê-lo visto comer o gelo. Botou uma pedra de gelo grande no prato e começou a morder aquilo como se fosse um pedaço de carne, assim mesmo. Ele deve ter comido uns cinco quilos de gelo.

– Isso faz mal – disse Kerrigan para Mooney. – Se continuar fazendo isso, vai acabar com seu estômago.

– Meu estômago agüenta qualquer coisa – disse Mooney. – Qualquer coisa mesmo. Se eu posso mastigar, posso comer. Semana passada ganhei uma aposta de três dólares.

– Que aposta? – perguntou Kerrigan.

– Comi madeira.

Nick balançou a cabeça.

– Ele fez isso mesmo. Eu estava lá e o vi morder e

mastigar a borda de uma mesa. E depois engolir o bocado inteiro. E ele recolheu três dólares do bacana.

– Bacana?
– O *playboy* – disse Nick.
– Que *playboy*?
– O *playboy* de Uptown – disse Nick. – Não sabe quem é?

Kerrigan sacudiu a cabeça.

– Claro – disse Nick. – Você já deve ter visto o cara. Ele sempre vem ao Dugan's.

Kerrigan deu de ombros.

– Raramente entro lá, por isso eu não sei quem é.
– Bem, seja como for, é um desses *playboys* que gostam de andar pelos bairros pobres e barra pesada. Uma noite, há cerca de um ano, ele entrou no Dugan's e agora é um dos freqüentadores assíduos. Vem duas, três vezes por semana e bebe até cair. Mas certas noites ele bebe só algumas doses e então sai à procura de diversão. – Nick sacudiu, solene, a cabeça. – Nunca vi uma proposta tão estranha. Já observei a maneira como ele olha para uma mulher. Como se não estivesse satisfeito, não importa o quanto já tenha conseguido.

– Talvez não esteja conseguindo nada – comentou Mooney.

– Talvez – admitiu Nick. – Mas por outro lado, acho que ele sabe das coisas. Tive essa impressão quando me ofereci para arranjar uma mulher para ele. Foi uma coisa que ele disse quando recusou.

Kerrigan olhou para Nick.

– O que ele disse?
– Disse que não sente nada quando tem que pagar. Pagar acaba com a excitação.

– Talvez ele tenha razão – disse Mooney.

– Faz muito sentido quando ele se explica – prosseguiu Nick. – Perguntei se ele era casado e ele disse que não, que tinha tentado algumas vezes e isso sempre o aborrecia. Acho que é algum tipo de úlcera na cabeça que dá a ele essas idéias malucas.

– Você acha que ele é mesmo doente assim? – murmurou Kerrigan.

– Bem, não sou um especialista nessa área.

– O cacete que não é – disse Mooney.

Nick olhou para Mooney, então virou-se outra vez para Kerrigan e disse:

– Acho que a maioria de nós é doente assim, de um jeito ou de outro. Não tem um homem vivo sem um problema aqui ou ali.

– Eu não – disse Mooney. – Eu não tenho problemas.

– Você tem um problemão – disse Nick para Mooney.

– Como assim? Não tenho preocupações. Não tenho nada na cabeça.

– Esse é o seu problema – disse Nick.

Kerrigan, que estava com um olhar distante, disse:

– Eu me pergunto por que ele vem para a Vernon Street.

– Difícil saber – disse Nick. – Tem muitas maneiras de ver isso. Talvez entre seus pares ele não tenha muito prestígio, por isso vem aqui, onde não tem que baixar a cabeça pra ninguém.

– Ou talvez simplesmente não goste de si mesmo – observou Mooney.

– É um ponto de vista – concordou Nick. Então franziu o cenho pensativo. – Na verdade, acho que provavelmente ele está é mais seguro por aqui.

– Mais seguro? – disse Kerrigan.

– Quero dizer que ele sabe que pode fazer coisas na Vernon que não poderia fazer em Uptown.

– Que tipo de coisa? – perguntou baixinho Kerrigan.

– Seja lá o que ele tem na cabeça. – Nick deu de ombros. – Quem pode saber o que ele pensa? É óbvio que tem alguma coisa errada com ele. Do contrário, não ia precisar freqüentar a Vernon Street.

Kerrigan virou um pouco a cabeça e olhou para a escuridão no beco às suas costas.

Então olhou além das cabeças de Nick e Mooney e focalizou o Dugan's Den.

– Uma bebida ia cair bem -- disse.

– Também estou seco – disse Nick.

– Eu estou morrendo de sede – gemeu Mooney.

Kerrigan deu um sorriso discreto.

– Eu tenho uns trocados. Deve dar para a gente beber algumas cervejas.

Os três foram andando para o Dugan's Den. Quando estavam atravessando a rua, Kerrigan virou a cabeça para dar uma olhada para o beco escuro às suas costas outra vez.

Capítulo 2

O Dugan's Den era duas vezes mais velho que seu proprietário, que tinha mais de sessenta anos. O lugar nunca havia sido reformado e mantinha o piso, as mesas, as cadeiras e o balcão do bar originais. Toda a tinta e o verniz haviam desaparecido há muito tempo, mas a madeira velha reluzia com um lustre produzido pelo esfregar de incontáveis cotovelos. Ainda assim, além das superfícies lisas das mesas e do bar, o Dugan's Den era escuro, sujo e malconservado. O tipo de lugar onde o tempo parecia andar mais devagar.

Mas poucos dos fregueses tinham relógio, e o que ficava na parede não estava sequer funcionando. No Dugan's, havia pouco interesse pela hora. A maioria ali eram velhos que não tinham nada para fazer ou lugar para ir. Havia algumas mulheres de cabelos brancos sem dentes na boca e nada na cabeça além dos vapores de uísque barato. A especialidade da casa era uma dose dupla de uísque de centeio de cheiro forte por vinte centavos.

Não havia vitrola automática ou aparelho de TV, e a única diversão vinha do próprio Dugan. Era um homenzinho magro com apenas alguns fiapos de cabelo na cabeça e estava sempre assobiando, ou cantarolando, ou cantando desafinado. Era um hábito que, há muito tempo, ele desenvolvera para evitar que o lugar ficasse quieto demais. A maioria dos bebedores não era de falar muito, e quando falava em geral era uma mixórdia sem sentido e incoerente que fazia com que Dugan desejasse estar em outro ramo de negócios. Às vezes havia uma discussão em altos brados, mas raramente isso se transformava em algo interessante. E nas poucas ocasiões que trocaram socos ou garrafadas ali, Dugan não se mexeu para interromper. Tinha uma vida muito monótona e podia agüentar ver um pouco de ação de vez em quando.

Havia poucos fregueses no bar quando Kerrigan entrou com Nick e Mooney. Atrás do balcão, Dugan cochilava em pé, os braços cruzados e o queixo colado ao peito. Nick deu um soco no balcão, Dugan abriu os olhos e Kerrigan pediu três garrafas de cerveja.

– As garrafas acabaram – disse Dugan. – O estoque terminou de tarde. A vizinhança hoje está com sede.

– Eu estou com sede esta noite – declarou Mooney. – Pode ser do barril mesmo.

Dugan encheu três copos grandes e Kerrigan botou dinheiro no balcão. Atrás do balcão havia um espelho imundo e ele olhou nele e viu um homem sentado a uma das mesas contra a parede do outro lado do salão. A cabeça do homem estava abaixada entre seus braços cruzados sobre a mesa, e ele parecia dormir. Kerrigan percebeu que o sujeito estava bem vestido.

– A cerveja está quente – disse Mooney.

– O gelo está em falta – disse Dugan.

– Você nunca tem gelo – reclamou Mooney. – Para que serve cerveja quente?

Dugan olhou para Mooney.

– Você veio aqui para criar confusão?

– Vim aqui para me refrescar – disse Mooney em voz alta.

– Então esfrie a cabeça – disse Mooney. – Relaxe e esfrie a cabeça.

– Eu bem que poderia estar tomando uma sopa quente – resmungou Mooney. – É uma vergonha um homem não conseguir um alívio para esse calor.

Kerrigan estava estudando pelo espelho a figura encolhida do outro lado do salão. Viu que o homem tinha cabelo louro cortado curto, com alguns fios grisalhos em meio ao dourado. Disse a si mesmo para parar de olhar para o homem, mas continuou a olhar para ele.

– Estou sufocando – dizia Mooney. – Isso aqui está um forno! E essa cerveja piorou as coisas. Parece até que estou derretendo.

Um bebedor de gim de cabelos brancos ergueu sua cabeça do copo e olhou para Mooney.

– Por que você não vai até a Wharf Street e mergulha no rio?

Nick riu. Mas Mooney ficou pensativo e, depois de alguns instantes, disse com solenidade:

– Não é má idéia. Não é mesmo má idéia.

Mooney virou-se, afastou-se do balcão e resolveu sair do bar. Nick foi atrás dele e o puxou pelo braço.

– Me solte – disse Mooney. – Preciso de algo para aliviar esse calor e vou conseguir, nem que tenha que passar a noite inteira dentro do rio.

– Provavelmente vai acabar ficando lá dentro para sempre. Você não sabe nadar – disse Nick.

– Bem, eu vou boiar – Mooney soltou o braço das mãos de Nick e seguiu na direção da saída. Na porta, virou-se e olhou para Nick e Kerrigan.

– Vocês vêm comigo?

Nick deu um suspiro.

– É melhor eu estar lá quando você mergulhar. Vai precisar de alguém para tirar você da água. – Ele voltou para o bar e engoliu o resto da cerveja. Então olhou para Kerrigan.

– Você vem?

Kerrigan não estava ouvindo, Nick repetiu, e então Nick notou que Kerrigan estava com a cabeça em outro lugar. Viu que Kerrigan olhava para o espelho. O rosto de Nick estava sem expressão enquanto observava Kerrigan encarar o espelho que mostrava o homem à mesa no outro lado do salão. Mooney já havia saído, e depois de alguns instantes Nick foi até a porta, abriu-a e saiu.

Dugan, de pé atrás do balcão, estava quase cochilando outra vez, com a cabeça baixa e os braços cruzados, enquanto cantarolava sua música esganiçada. O bebedor de gim de cabelos brancos estava olhando com afeição para as últimas gotas que restavam no copo. Os outros bebedores estavam curvados sobre o balcão e não olhavam para nada em particular. Então a porta do banheiro dos homens se abriu. Frank saiu de lá, viu Kerrigan e foi em sua direção, dizendo:

– O que você está fazendo aqui?

Kerrigan afastou sua atenção do espelho e olhou para Frank.

– Você nunca vem a esse lugar – disse Frank. O canto de sua boca subiu, desceu e ergueu-se outra vez. – Por que veio aqui esta noite? Você não precisa ficar me seguindo. Sabe que sei me cuidar. O que você está querendo? Estava preocupado em como eu ia gastar seus cinquenta centavos?

– Vim aqui beber um copo de cerveja – disse Kerrigan.

– Então por que não bebe?

Kerrigan levou o copo aos lábios e deu um gole grande. Pousou o copo de volta no balcão e Frank ainda estava ali de pé, respirando com dificuldade, a boca ainda se movendo para cima e para baixo em espasmos.

Os olhos de Frank estavam brilhando e ele estava com dificuldades para ficar parado.

— Qual o problema, Frank?

— Você está vendo algum problema?

— Alguma coisa na sua cabeça.

— Pare de ficar no meu pé — disse Frank bruscamente, como se tivesse corrido e ficado sem fôlego. — Você tem me observado nos últimos tempos como se estivesse esperando por uma notícia bombástica. Sempre que olho para você, vejo que está me observando. Estou te avisando para parar com isso.

Kerrigan ficou imóvel. Frank passou por ele e saiu do salão. Ouviu um som que parecia um rugido surdo que foi ficando mais alto e então percebeu que era o denso silêncio e a tranqüilidade que faziam todo aquele barulho. Mas aos poucos tomou consciência de outro som e se concentrou nele, a musiquinha esganiçada que vinha cantarolada dos lábios de Dugan. Tentou prestar atenção à música, tentou pensar nas palavras que acompanhavam a melodia, mas enquanto seu cérebro seguia nessa direção, seus olhos seguiam para o espelho que mostrava o homem à mesa do outro lado do salão.

Ele virou-se do balcão e andou devagar na direção da mesa.

Sentou diante do homem de cabelos louros, que ainda estava com a cabeça baixa, enterrada nos braços cruzados. Por quase um minuto inteiro ficou ali sentado olhando para o sujeito. Então tocou o pulso dele e disse:

— Ei, Johnny. Acorda.

— Vá embora. — O homem não levantou a cabeça. Mal se moveu, além de tirar o pulso da mão de Kerrigan.

— Vamos lá, Johnny. Acorda.

— Me deixa em paz — disse o homem.

– Não está conhecendo seu velho amigo Bill?

O homem levantou um pouco a cabeça, mas os braços ainda cobriam seu rosto. Ele falou devagar, de forma mais clara, medindo as palavras.

– Não conheço ninguém chamado Bill. E não tenho velhos amigos.

– Eu sou o Bill Kerrigan. Você se lembra do Bill Kerrigan.

– Não me lembro de ninguém – disse o homem. – Não gosto de me lembrar das pessoas. Todo mundo que conheci eu prefiro esquecer.

– E isso é ruim? – Kerrigan se perguntou se poderia fazer contato com aquele homem.

– Não é nem um pouco ruim – disse o homem. – É muito bom. Muito bom mesmo.

– O que é muito bom, Johnny?

– O calendário – disse o homem. – O calendário com a foto da garota. Ela estava usando um casaco de arminho desabotoado, sem nada por baixo. É com isso que eu estava sonhando quando veio alguém me acordar e começou a me chamar de Johnny. Acontece que meu nome não é Johnny.

– Qual era o nome da garota?

– Que garota?

– A garota no sonho.

– Ela não tinha nome – disse o homem. – Nenhuma delas têm nome. São só um monte de números de telefone. Essa aqui nem telefone tinha. Prefiro quando não têm telefone. E as que eu gosto mais são as mortas. As mortas nunca voltam para me perturbar, nem mesmo nos sonhos.

– Mas você falou que era muito bom.

– Por isso me incomoda – disse o homem. – É bom demais. É tão bom que se transforma em uma angústia.

Talvez eu deva algo a você por interromper meu sonho. Quer que eu pague uma bebida?

— Claro.

O homem levantou a cabeça. Era pálido e tinha traços frágeis e delicados. As sombras sob seus olhos eram como um reflexo escuro do que ele tinha em mente a maior parte do tempo. Era de estatura e peso medianos e parecia ter trinta e poucos anos.

Ofereceu um sorriso enfastiado para Kerrigan.

— O que está bebendo?

— Quero uma cerveja, Johnny.

O sorriso apagou-se e ficou um tanto triste.

— Você ainda acha que meu nome é Johnny? — Não esperou uma resposta. Levantou-se e foi até o bar. Kerrigan o observou enquanto ele estava ali em pé conversando com Dugan. Então ele voltou para a mesa com a cerveja e um copo grande com uísque pela metade para si mesmo.

Kerrigan ergueu o copo.

— Boa sorte, Johnny.

— Isso não existe — disse o homem. — É pura bobagem. — Ele sorriu para o uísque, então tomou um gole grande. Não desceu bem e ele tentou praguejar enquanto engasgava e tossia. Deu outro gole para acabar com aquilo. Quando a bebida desceu, estava com os olhos bem fechados. Então sorriu outra vez e falou: — Você também é solitário, não é?

— Às vezes — disse Kerrigan.

— Sou solitário o tempo inteiro. — O homem parou de sorrir e olhou para o uísque no copo. — Já estive em toda parte. Já fiz de tudo e conheci todo mundo. E o resultado é esse: sou solitário.

— Talvez você precise é de uma mulher — arriscou Kerrigan.

O homem nem pareceu ouvir.

Então ficou em silêncio por alguns instantes. Finalmente sorriu outra vez e disse:

– Quem é você?

Kerrigan resolveu jogar limpo. Disse:

– Desculpe, senhor. Sabia que nunca o havia visto antes. Mas eu queria companhia. Sou Bill Kerrigan.

– E eu sou Newton Channing. Já ouviu falar em Newton Channing? O nome significa alguma coisa?

Kerrigan sacudiu a cabeça.

Channing disse:

– Sabe, também não significa nada para mim.

Fez-se um longo silêncio. Kerrigan deu um gole na cerveja e então falou:

– Onde você mora?

– Uptown – respondeu sem dar atenção. Conforme continuou a falar, ficou claro que seus pensamentos nada tinham a ver com o que dizia. – Uma área calma e limpa. Limpa demais. Totalmente classe média. Casa com garagem e gramado na frente. Moro lá com minha irmã. Só nós dois. Ela é uma garota legal e nos damos muito bem. Uma noite, na semana passada, ela me botou a nocaute.

Kerrigan ficou em silêncio.

– Ela é mesmo uma garota muito legal – disse Channing. Ele levou o copo à boca, terminou o uísque, então se levantou da mesa, foi até o bar e voltou com outra cerveja e uma meia garrafa de uísque. Serviu o uísque enquanto prosseguia naquele tom desinteressado: – Eu estava tentando botar fogo na casa e ela me acertou na cabeça com o salto do sapato. Fiquei desmaiado por pelo menos dez minutos.

– Bem, não há nada como um lar feliz.

Channing encheu o copo grande até a borda. Ergueu-o com muito cuidado e bebeu o uísque como se estivesse bebendo água. Consumiu mais de um terço do copo antes de dizer:

— Sabe, eu admiro minha irmã. Admiro mesmo. Só faço uma objeção: ela acha que eu não sei tomar conta de mim mesmo. Isso a deixa maternal. Ultimamente tem aparecido aqui para me pegar e me levar de carro para casa.

— Você não consegue ir sozinho?

Channing deu de ombros.

— Normalmente estou bêbado demais para dirigir. Quando isso acontece, Dugan chama um táxi. Não gosto de ver minha irmã vindo aqui. Eu prefiro ir para casa de táxi.

— É muito mais seguro — disse Kerrigan. — Quero dizer, é mais seguro para a sua irmã. Afinal, esta é uma área barra-pesada.

— Ela não liga pra isso.

— Mas a questão é que a área é barra-pesada, e especialmente pesada para uma mulher.

Channing inclinou a cabeça e olhou de soslaio para Kerrigan.

— Talvez você esteja aí sentado só caçoando de mim.

Kerrigan não respondeu.

— Tem alguma coisa estranha com você — disse Channing. — Não está batendo papo comigo só para passar o tempo. — Ele se inclinou para a frente e seu olhar tinha um propósito. — Em que, na verdade, você está pensando?

— Nada demais — disse Kerrigan.

Channing bebeu mais uísque. Segurava o copo na mão e olhava fixamente para ele.

— Talvez você seja um ladrão. Talvez esteja armando algum golpe esperto. Como me levar sozinho a algum lugar e arrebentar meus miolos para ficar com minha carteira.

— Pode ser — concordou Kerrigan. — Em uma área

como esta, a gente nunca pode saber ao certo com quem está lidando. É sempre inteligente tomar cuidado.

Channing deu um sorriso bondoso.

– Meu amigo, deixe eu contar uma coisa a você. Não dou a mínima para o que pode acontecer comigo.

Kerrigan o observou terminar o uísque do copo e erguer a garrafa para servir mais. O copo foi enchido outra vez e Channing já havia bebido quase a metade quando ouviu-se o som de uma porta se abrindo. Kerrigan ergueu os olhos e viu a mulher entrar no Dugan's Den.

Ela caminhava na direção da mesa. Andava devagar, sem cerimônia, com um certo porte que combinava com o rosto e o corpo. Tinha um rosto muito bonito e uma figura magra e elegante. Seus cabelos eram compridos e ondulados e os olhos, esverdeados. Tinha cerca de 1,63 metro e parecia ter uns vinte e tantos anos.

Mas ele não estava pensando na idade dela. Não estava bem certo sobre o que estava pensando. Podia sentir o fascínio que formigava por seu corpo diante da presença física dela e, ao mesmo tempo, estava irritado consigo mesmo por ficar olhando para ela.

Não percebeu que ela estava olhando de volta para ele. Qualquer que fosse sua reação, ela fazia um bom trabalho em escondê-la. Permaneceu assim por alguns minutos, mais ou menos, então olhou para o irmão e disse:

– Tudo bem, Newton. Termine seu drinque e vamos para casa.

Channing sorriu para o copo de uísque.

– Eu devia pagar um salário a você. Quanto ganha uma babá hoje em dia?

– Não é esse tipo de trabalho. – Sua voz estava baixa e amistosa. – Na verdade, não é um trabalho. Não me incomoda nem um pouco.

Channing deu de ombros.

— Você podia sentar e beber alguma coisa também. Ainda não estou pronto para ir. Ainda tenho que beber um pouco.

— Quanto você já bebeu?

— Na verdade, muito pouco.

— Isso quer dizer que já bebeu quase um litro.

— Ainda não bateu – disse Channing. – Tenho que ficar aqui até bater.

— Uma noite dessas, alguém vai bater mesmo e você vai ser carregado em uma maca. – Ela olhava de cima para o irmão como se examinasse uma exposição curiosa. – Tenho certeza absoluta que você vai acabar no hospital. É isso o que quer?

— Quero que você me deixe em paz – ele ergueu os olhos para ela, dando um leve sorriso. – Espero que não seja pedir demais, mas ficaria mesmo grato se você me deixasse em paz.

— Não posso fazer isso – disse ela. – Gosto demais de você.

— Que lindo – disse Channing. Ele olhou para Kerrigan. – Não acha isso lindo? Você não acha que sou um cara de sorte por ter uma irmã dessas?

Kerrigan ficou em silêncio e a ouviu dizer:

— Você não tem educação, Newton. Devia me apresentar o seu amigo.

— É claro que sim – disse Channing, e então dirigiu-se a ninguém em especial: – Por favor, desculpe meus péssimos modos. – Ele começou a levantar e esperou que Kerrigan fizesse o mesmo. Mas Kerrigan ficou sentado. Channing deu de ombros, voltou a sentar e serviu mais uísque no copo. Então voltou a se dedicar ao uísque.

— Ainda estou esperando – disse ela. – Estou esperando a apresentação.

— Ah, pro diabo com isso. – Channing tomou um gole grande de uísque. – Na verdade, pro diabo com tudo.

Ela olhou para Kerrigan e disse:

— Desculpe. Ele, na verdade, não quer dizer isso. É que ele está bêbado.

— Tudo bem.

Ela estudou o rosto de Kerrigan.

— Por favor, não fique ofendido.

Ele falou um pouco mais alto.

— Eu disse que está tudo bem.

— Claro que está tudo bem – disse Channing. – Por que não estaria tudo bem?

Ela olhou para Channing.

— Você fica quieto – falou. – Fique aí sentado, beba seu uísque e fique com a boca fechada. Você não está em condições de dizer nada.

Channing aprumou-se na cadeira, virou-se para o lado e ficou com o olhar fixo no vazio.

— O que você sabe do meu estado?

Ela não se deu ao trabalho de responder e virou-se para Kerrigan.

— Permita-me que me apresente? Sou Loretta Channing.

— Isso significa muito para ele – disse Channing. – É muito importante que ele saiba seu nome. Por que não dá a ele seu endereço? Diga que ele é bem-vindo a qualquer hora. Convide-o para jantar.

Ela continuou a olhar para Kerrigan.

Channing disse:

— Ele não acha que você está falando sério. Precisa ser mais sincera. Não fique aí de pé, olhando ele de cima para baixo. Sente ao lado dele.

— Já disse para você ficar quieto.

– Vai, sente do lado dele. Segure sua mão.

– Você podia calar a boca?

Channing estava rindo.

– Prove a ele, mostre como você é sincera. Talvez o convença se beber do copo dele.

– Talvez eu dê um tapa na sua cara – disse ela para Channing. – Você não está bêbado demais para levar um tapa na cara.

Channing continuou a rir. Era um riso quase silencioso e, aos poucos, foi se esvaindo e transformou-se em uma série de pequenos arquejos, mais parecendo soluços. Ele levou a mão até o copo e jogou mais uísque goela abaixo. Então virou de frente para a parede. Ficou ali bebendo e olhando para a parede, como se estivesse sozinho num quarto consigo mesmo.

Ela estava olhando para Kerrigan, esperando que ele dissesse seu nome.

Ele engoliu em seco com força.

– Eu me chamo Kerrigan – disse por entre os dentes. – William Kerrigan. Vivo bem aqui na Vernon Street. No número 527.

Então ele se levantou da mesa e ficou de pé, de frente para ela e perto dela. Havia um aperto em seu peito que o fazia respirar com dificuldade.

– Entendeu? Vernon Street, 527. – Ele tentava dizer isso com calma e em um tom amigável, com um sarcasmo aveludado, mas sua voz vacilou. – Você pode aparecer quando quiser para me visitar. Por que não vem jantar uma noite?

Ela estremeceu e deu um passo para trás. Ele passou por ela, foi até a porta e saiu.

Sentiu-se melhor quando chegou na rua ao lembrar da forma como ela estremecera. Não foi muito, mas era alguma coisa. Dava alguma satisfação. Mas de repente ela desapareceu de sua mente. Tudo desapareceu, exceto o que havia diante de seus olhos, a rua esburacada, a sarjeta e as soleiras tortas e vacilantes das casas em ruínas.

Aquilo o atingiu com toda a força, o conhecimento inevitável de que estava viajando pela vida com um bilhete de quarta classe.

Olhou para as portas lascadas, para as janelas sujas e para os infinitos palavrões e frases obscenas escritos com giz nas paredes dos prédios residenciais. Por um instante parou e olhou para aquelas duas palavrinhas eternas, escritas em giz amarelo por algum especialista desconhecido que tinha usado uma letra gótica precisa. Era a mensagem favorita da Vernon Street para o mundo. Agora, em letra gótica, seu significado duro e feio era temperado com uma solenidade estranha. Ele ficou ali e leu aquilo em voz alta.

Aquilo, de alguma maneira, o acalmou. Ele conseguiu sorrir para si mesmo. Então deu de ombros, virou de costas para a parede rabiscada e seguiu caminhando pela Vernon Street.

Capítulo 3

Ele caminhou devagar, não por cansaço, mas porque não se sentia pronto para ir para casa e queria que a caminhada durasse o máximo possível. Tirou um relógio niquelado de um bolso pequeno das calças de trabalho. O mostrador indicava 1h20. Ele se perguntou por que não estava com sono. Hoje nas docas tinha feito três horas extras e estava acordado desde as cinco da manhã. Sabia que já devia estar na cama há muito tempo. Não entendia por que não estava cansado.

Passou pelos terrenos baldios da Fourth Street e seguiu ao longo de uma fileira de barracos de madeira onde moravam pessoas de cor. Havia um alambique que fazia uísque de milho em um daqueles barracos. Os vizinhos do produtor ilegal eram pessoas mais velhas e religiosas que sempre delatavam o produtor às autoridades e não conseguiam entender por que ele nunca era preso. O produtor ilegal podia ter contado a eles que sempre dava suas propinas à polícia quando os vizinhos estavam na igreja. Aquilo simplificaria tudo.

Havia uma ruela contígua aos barracos de madeira e, depois dela, um terreno baldio. Vinham em seguida construções residenciais de tijolos, com dois andares, cheias de armênios, ucranianos, noruegueses, portugueses e vários tipos de mestiços. Todos se davam bastante bem, menos nos finais de semana, quando bebiam muito, e então a única coisa que conseguia dar fim à confusão era a chegada da tropa de choque.

Depois das construções de tijolos, ele atravessou outra viela e chegou a uma casa de madeira de três andares que tinha quase duzentos anos. Ela pertencia ao seu pai e tinha passado pelas mãos de várias gerações dos Kerrigan.

Ficou ali na calçada, olhou para a casa e para as telhas soltas, as persianas quebradas e as soleiras arruinadas. Havia pouca tinta sobrando nas paredes de madeira e mesmo essa estava descascada e há muito tinha perdido a cor, por isso a casa era de um cinza sujo e sem graça, uma propriedade feia e destruída, como qualquer outro buraco da Vernon Street.

Os Kerrigan ocupavam apenas o primeiro andar. Os dois andares de cima eram alugados para outras famílias, que estavam sempre trazendo mais parentes para morar com eles. Na verdade, não havia como saber ao certo o número de inquilinos. Pelo barulho que costumavam fazer, às vezes Kerrigan achava que vivia embaixo de um zoológico superlotado de animais selvagens. Mas sabia que não tinha direito de reclamar. O primeiro andar nada ficava a dever quando se tratava de fazer barulho.

Abriu a porta da frente e entrou em uma sala mal-iluminada que exibia um carpete rasgado, algumas poltronas e cadeiras bambas e um sofá muito velho com a maior parte do estofado saindo do forro. Seu pai, Tom, estava dormindo no sofá, mas acordou e sentou quando Kerrigan estava no meio da sala.

Tom Kerrigan tinha 53 anos. Era um homem de muito boa aparência, com um topete branco cuidadosamente penteado, um corpo alto, pesado e musculoso, e absolutamente nenhuma ambição. Várias vezes em sua vida ele demonstrou talento promissor, fosse como tenor irlandês, lutador peso pesado, político, vendedor e corretor imobiliário. Podia ter alcançado o topo em qualquer dessas áreas, mas era, definitivamente, um vadio, e quanto mais vadiava, mais feliz parecia ficar. Como ele mesmo às vezes dizia:

– A vida é curta, e não faz sentido se matar de trabalhar.

Sentado na beira do sofá, Tom soltou um enorme bocejo e então deu um sorriso amistoso para o filho.

– Acabou de chegar?

Kerrigan balançou a cabeça.

– Desculpe por acordar você.

Tom deu de ombros.

– Eu não estava mesmo com vontade de dormir. Essa droga de sofá estava acabando com as minhas costas.

– Qual o problema com o seu quarto?

– Lola me botou pra fora.

– Outra vez?

Tom franziu o cenho e esfregou a nuca.

– Não sei que diabos há de errado com essa mulher. Ela sempre foi muito geniosa, mas ultimamente está impossível, anda uma fera! Juro, essa noite ela tentou me matar. Jogou uma mesa em cima de mim. Se eu não tivesse me abaixado, teria arrancado meus miolos.

Kerrigan sentou em uma poltrona perto do sofá. Sentiu que o pai estava em um estado de ânimo falante e ele estava perfeitamente disposto a sentar ali e escutar. De alguma forma, sempre se sentia relaxado e satisfeito quando estava sozinho com Tom. Ele gostava de Tom.

– Deixe eu contar uma coisa a você – disse Tom.– Não é mole morar com uma mulher como essa. É como brincar com dinamite. O que eu não consigo entender é por que ela fica aqui agüentando tudo isso. – Tom sacudiu a cabeça e deu um suspiro.

Kerrigan mudou de posição na poltrona. Sentou-se encostado no braço de madeira e jogou as duas pernas sobre o outro braço.

– Sempre tem algum problema – disse Tom. – Semana passada ela disse que eu estava arrastando a asa para uma mulher que mora no andar de cima. Agora, pelo amor de Deus, estou perguntando de homem para homem, eu faria uma coisa dessas?

– Claro que não – murmurou Kerrigan, que considerou aquilo uma mentira branca. O pai tinha uma reputação e tanto no pedaço.

– Você está certo, eu não faria mesmo – declarou Tom. – Quando eu me caso com uma mulher, sou fiel a ela. E se digo isso, é porque acho que sou um marido de primeira. Fui bom para sua mãe e, depois que ela morreu, fui leal à memória dela por três anos inteiros. Veja bem, três anos. Eu não me permitia nem olhar para um rabo-de-saia. Isso é a pura verdade.

Kerrigan balançou a cabeça, sério.

– Pense só – disse Tom. – Também não era fácil viver com sua mãe. Mas que ela descanse em paz. Ela reclamava de tudo, mas não era tão ruim em comparação com essas outras mulheres que eu tive. Como a segunda, a Hannah. Juro que aquela mulher era completamente maluca. E a outra com quem eu me casei, aquela espanhola. Qual o nome dela?

– Conchita.

– Isso – disse Tom. – Conchita. Aquela era mesmo quente, mas eu não gostava da faca que ela carregava. Eu fico incomodado quando elas andam com uma faca. Isso eu posso dizer em favor de Lola. Ela nunca pega uma faca.

– Por que ela jogou a mesa em você?

Tom deu um suspiro profundo.

– Tivemos uma discussão sobre o aluguel. Ela diz que os inquilinos lá em cima estão com quatro meses de atraso.

— Ela tem razão em relação a isso — murmurou Kerrigan. — Já são mais de cem dólares.

— Eu sei — admitiu Tom. — E sem dúvida o dinheiro cairia bem. Mas eu não tenho coragem de dar uma prensa neles. Não posso arrancar dinheiro de pessoas que não têm. O velho Patrizzi está desempregado há um ano. E a mulher de Cherenski ainda está no hospital.

— E os outros?

— Estão todos na mesma situação. Da última vez que eu subi para cobrar, ouvi tanta aflição e desgosto que fiquei deprimido e passei três dias bêbado.

O som de uma porta se abrindo veio de um dos outros aposentos, em seguida passos pesados se aproximaram pelo corredor. Kerrigan ergueu o olhar para ver Lola entrar na sala. Era uma mulher grande, de quarenta e tantos anos, com cabelos muito negros repartidos ao meio e bem presos atrás das orelhas. Tinha quase cem quilos distribuídos principalmente atrás e no peito, uma cintura impressionantemente fina e pernas longas que faziam com que parecesse muito mais alta que seu 1,75 metro. Tinha um andar desafiante, como se exibisse os quadris para o gênero masculino para que eles soubessem que ela era o tipo de mulher por quem eles teriam de lutar. Os poucos que ousaram acabaram com o rosto arrebentado. Lola era forte e muito durona, e tinha trabalhado como leão-de-chácara em alguns dos bares mais barra-pesada das docas.

Tinha a pele morena, com um pouco de sangue vermelho de cherokee que era visível quando ela ficava nervosa. Na verdade era cherokee misturado com francês e irlandês, com destaque para as características mais explosivas de cada um deles.

Lola caminhou na direção do sofá, as mãos nos quadris, dirigindo toda sua atenção para Tom. Sua voz estrondosa e grave pareceu o golpe de um porrete quando ela disse:

— Você vai lá em cima cobrar esse aluguel?

— Olhe aqui, querida. Eu já disse...

— Eu sei o que você me disse. Só falou bobagem. Você vai lá cobrar essa grana e vai cobrar esta noite.

— Mas eles não têm. Juraram para mim que...

— Eles não passam de um bando de mentirosos – gritou Lola. — Eu iria lá em cima e faria com que pagassem, ou despejaria todo mundo. Mas esse não é meu departamento. Você é o dono desta casa. É seu trabalho lidar com os inquilinos.

— Bem, você sabe, eu tenho andado ocupado.

— Fazendo o quê? – perguntou Lola. — Bebendo cerveja o dia inteiro sentado em cima desse traseiro? Eu também não agüento mais isso. De manhã, de tarde e de noite, é cerveja, cerveja, cerveja. Temos garrafas vazias no quintal dos fundos suficientes para abrir uma fábrica de vidro.

— O médico disse que faz bem para meu estômago.

— Que médico? Que conversa mole é essa? Quando você foi ao médico?

— Bem, eu não queria deixar você preocupada.

Lola se aproximou do sofá e apontou um dedo grosso no rosto de Tom.

— Você é tão saudável, droga, que é uma desgraça completa. Por que você não seria saudável? Tudo o que faz é comer, dormir e beber cerveja. Se seu filho aqui não trouxesse o salário pra casa, estaríamos vivendo de caridade.

Tom assumiu um olhar magoado.

— A culpa é minha por a gente estar atravessando momentos tão difíceis assim?

— Não são momentos, e você sabe disso. Se alguém

chegasse e lhe oferecesse um trabalho, você cairia morto, de tanto medo. – Como se estivesse se dirigindo a uma sala cheia de espectadores, ela apontou Tom com a palma da mão estendida e disse: – Eu digo para ele ir lá em cima cobrar o dinheiro do aluguel e ele diz que isso não seria caridoso. – Ela partiu para cima de Tom e gritou. – De onde você tirou esse papo de caridade? O fato é que você é preguiçoso demais para subir a droga de dois lances de escada.

– Olhe, querida...

Lola o interrompeu com outra explosão de repreensões, temperada com pragas e palavrões. As paredes da sala pareciam vibrar com a força de sua gritaria. Kerrigan sabia, por experiência própria, que aquilo continuaria daquele jeito pela maior parte da noite. Ele saiu da sala e seguiu devagar pelo corredor estreito que levava ao quartinho que dividia com Frank. Mas de repente parou. Estava olhando para a porta de outro quarto. Era um quarto vazio e agora ninguém morava nele. Ele se perguntou o que o fizera parar e olhar para aquela porta.

Tentou desviar os olhos, mas mesmo ao fazer esse esforço levou a mão à maçaneta. Abriu a porta bem devagar, entrou e apertou o interruptor na parede que acendia a única lâmpada no teto. Fechou a porta às suas costas e ficou olhando para a parede e o chão, a cama e a cadeira, a mesinha e a cômoda pequena. Estava pensando na garota que tinha vivido ali e que estava morta havia sete meses.

Sem emitir som, falou o nome dela. Catherine, disse. Então franziu o cenho, chateado consigo mesmo. Não fazia sentido alimentar todo aquele sofrimento. Tudo bem, ela era sua irmã, sua própria carne, seu sangue. Era uma criatura doce, de bom coração, mas agora estava morta. Não havia como trazê-la de volta. Tentou pensar em outra coisa e sair do quarto. Mas algo o segurou ali. Era quase como se esperasse ouvir uma voz.

Então, de repente, ele ouviu. Mas não era uma voz. Era a porta. Virou-se devagar e viu Frank entrando no quarto.

Eles olharam um para o outro. A boca de Frank se contorcia. Os olhos estavam muito brilhantes, os braços pendiam imóveis e as mãos inclinavam-se para fora em um ângulo estranho, os dedos esticados, rígidos. Então Frank olhou para a parede às costas de Kerrigan e disse baixinho:

– O que está acontecendo aqui?

Kerrigan não respondeu.

– Perguntei uma coisa a você – disse Frank. – O que está fazendo neste quarto?

– Nada.

– Você é um mentiroso – disse Frank.

– Tudo bem, sou um mentiroso. – Ele fez um movimento na direção da porta. Frank não saiu do caminho.

– Quero saber o que você está aprontando – disse Frank. E piscou algumas vezes. – A gente podia resolver isso aqui e agora.

– Resolver o quê? – Os olhos de Kerrigan estavam penetrando no rosto à sua frente, tentando ver o que se passava na mente de Frank.

A respiração de Frank se acelerou. Estava outra vez encarando a parede quando disse:

– Você não me engana. Precisa melhorar muito para me enganar.

Kerrigan fez um gesto enfastiado.

– Pelo amor de Deus – disse. – Por que você não pára com isso? Pare de procurar problema.

Frank piscou outra vez, e por um instante seus olhos ficaram bem fechados, como se ele tentasse apagar algo de sua mente. Seja lá o que fosse, não foi embora, e o peso daquilo pareceu abater-se com força sobre ele, fazendo com que arqueasse os ombros magros. Sua cabeça estava baixa e a luz da lâmpada do teto dava um brilho suave a seu cabelo branco. Havia algo sombrio na maneira como a luz incidia sobre ele. Era como um olho que o observava com piedade.

Ocorreu a Kerrigan que devia demonstrar boa vontade com Frank. Sentiu que Frank estava prestes a surtar, resultado do excesso de maus hábitos, especialmente o álcool. Pensou: o coitado está acabado, está quase desmoronando.

Ele deu um sorriso bondoso e levou a mão ao ombro de Frank. Frank deu um pulo para trás como se tivesse sido espetado com uma agulha quente. Então continuou andando para trás, curvado e com a respiração acelerada pela boca aberta, que mostrava os dentes. Seus lábios trêmulos emitiram o sussurro engasgado:

– Tire as mãos de mim.

– Só estou tentando...

– Está tentando acabar comigo – disse Frank com a voz entrecortada. – Não vai ficar satisfeito até que eu esteja ferrado, acabado, destruído. Mas não vou deixar que faça isso. Não vou deixar. – Sua voz virou um lamento esmaecido que se confundia e distorcia, então ele olhou para a parede, o chão, o teto, como uma criatura presa em uma armadilha que busca loucamente uma maneira de escapar.

– Quer um cigarro? – perguntou Kerrigan.

Frank não pareceu ouvir. Seus lábios se moviam sem som e ele parecia estar falando sozinho.

Kerrigan acendeu um cigarro e observou quando Frank sentou-se na beira da cama e afundou a cabeça entre os braços. Pensou: "Ele não está com medo de mim, isso nada tem a ver comigo, ele está com medo do mundo, finalmente chegou ao ponto em que não consegue encarar o mundo".

Ouviu Frank dizer sem qualquer expressão:

– Quero que me deixe em paz.

– Não estou incomodando você, Frank. Acho que é o contrário.

– Só estou pedindo para você cair fora.

– Claro, Frank. – A voz dele estava o mais macia e gentil que ele podia conseguir. – É isso que sempre faço. Nunca fiquei no seu caminho. O que você faz é problema exclusivamente seu.

Frank se levantou. Agora estava mais calmo, parecia estar sob controle. Mas quando foi na direção da porta, não estava olhando para Kerrigan. Era como se Kerrigan não estivesse ali.

Quando Frank foi embora, Kerrigan deu um trago profundo no cigarro. Seguiu fumando até reduzi-lo a uma guimba que queimava seus dedos. Atirou a guimba no chão e pisou sobre ela.

De repente, ele se sentiu sufocado ali. E de alguma forma aquilo nada tinha a ver com a fumaça de tabaco que enchia o quarto. Fez um movimento na direção da maçaneta, dizendo a si mesmo que precisava de ar.

Correu pelo corredor, cruzou a sala, abriu a porta da frente, saiu e, na soleira da porta, viu o outro membro feminino da família. Era Bella, a filha de Lola. Estava sentada no último degrau, sentiu a presença dele e virou a cabeça devagar. Os olhos o apunhalaram com uma mistura de desprezo gélido e necessidade abrasadora.

Capítulo 4

– Oi – disse Kerrigan.
– Vá pro inferno.
– Ainda está com raiva de mim?
– Por que você não me faz um favor e bebe veneno?

Bella tinha vinte e tantos anos. Tinha sido casada três vezes, uma vez de papel passado, com juiz e tudo. As outras, sem essa burocracia toda. Um tanto alta e um pouco cheinha, era uma versão um pouco menor da mãe. O cabelo era do mesmo preto, os olhos negros e brilhantes, a pele um castanho cherokee. Tinha as mesmas formas generosas e cheias de curvas de Lola e valorizava aquilo com blusas e saias bem apertadas.

Falava demais e alto, tinha um gênio terrível e não temia nenhum ser vivo, com a exceção da mãe. Algumas semanas antes, durante uma discussão na sala, dera um chute em Kerrigan, que ficou machucado. Então Lola a agarrou e lhe deu uma surra tão grande com o fio do ferro de passar que ela ficou dois dias sem conseguir sair de casa.

Kerrigan sorriu para ela.

– Qual o problema desta vez?
– Vá passear – respondeu com aspereza. – Já disse há uma semana que você está fora da minha lista.

Ele sentou ao lado dela na soleira.

– Ainda não sei por que você está com raiva.

Bella olhou fixamente para a frente.

– O senhor tem memória curta.

De alguma forma, naquela noite estava achando a presença dela revigorante, e sua proximidade deu a ele uma sensação de conforto e prazer.

– Acho que foi algo relacionado a uma loura – disse ele.

Ela lançou um olhar mal-humorado.

– Você não lembra qual? Talvez tenha tantas que se esqueça dos nomes.

– Foi a Vera?

– Não, não foi a Vera. E, por falar nisso, quem diabos é a Vera?

Kerrigan deu de ombros.

– Uma garçonete. Quando vou a um restaurante, tenho que falar com a garçonete. Preciso dizer a ela o que quero.

Bella não respondeu. Kerrigan lhe ofereceu um cigarro e ela aceitou de má vontade. Pegou os fósforos no bolso de trás e o acendeu. Ficaram ali e fumaram em silêncio durante um tempo.

Finalmente, Bella disse:

– Não foi com uma garçonete que eu vi você. Para mim, parecia uma vagabunda de dois dólares. Você a levou para dar um passeio na Second e então entrou com ela em uma casa.

– Que casa? De que você está falando? – Ele franziu o cenho com surpresa autêntica e esfregou a nuca. Então, lembrou-se do incidente. – Pelo amor de Deus, aquilo não era uma casa, era uma loja. Ela é casada e tem cinco filhos. O marido vende móveis de segunda mão. Disse a ela que precisávamos de um abajur para a sala. Se não acredita, vá lá e dê uma olhada. Você vai ver o abajur que comprei.

Bella estava convencida, mas não apaziguada.

– Por que você não me contou quando perguntei na primeira vez? – disse ela.

– Não gostei do jeito que você me perguntou, foi por isso. Nem me deu uma chance de explicar. Partiu pra cima de mim como um gato selvagem.

– Você precisava me bater no rosto?

– Se eu não batesse, você teria arrancado meus olhos.

– Um dia desses eu vou.

Ele deu um sorriso afável para ela.

– Não faça isso quando sua mãe estiver por perto.

– Na próxima vez, ela não vai me impedir. Nada vai me impedir.

Kerrigan deixou que o sorriso desaparecesse. Não olhou no rosto de Bella. Havia uma crueldade em seu olhar que fazia com que ele soubesse que ela estava falando sério.

– Qual o problema? – disse ele. – O que está incomodando você?

Ela ficou um instante em silêncio, então disse:

– Cansei de esperar.

– Esperar? O quê?

Seus olhos o perfuraram.

– Você sabe.

Ele afastou o olhar do rosto dela.

– Droga – resmungou. – Vamos começar com isso de novo?

– Quero resolver isso de uma vez por todas – disse Bella. – Vamos nos casar ou não?

Ele deu um último trago no cigarro e o jogou na rua.

– Ainda não sei.

– Como assim, não sabe? Tem algum problema que impede você?

Ele procurou uma resposta, mas não encontrou

nenhuma. Seus ombros estavam curvados, os braços cruzados sobre os joelhos enquanto encarava mal-humorado a calçada.

– Por que não devemos nos casar? – perguntou Bella. – Nós gostamos um do outro, não gostamos?

– É preciso mais que isso.

– O quê?

Ele ficou mais uma vez sem resposta.

– Qual o problema? – queria saber Bella. – Moramos na mesma casa, comemos à mesma mesa. Você não vai ter que fazer grandes mudanças. Só precisamos expulsar Frank do seu quarto e botá-lo no meu. Então levo minhas roupas pelo corredor e está resolvido.

A expressão mal-humorada dele se acentuou. Tentou dizer algo, mas seus lábios não se mexeram.

Ela inclinou um pouco a cabeça, estudando-o com evidente suspeita.

– Talvez você tenha outros planos, que não me incluem.

Ele não respondeu. Tinha a vaga noção de que ela falara uma verdade importante que ele não podia admitir para si mesmo.

– Faça o que quiser fazer, só não tente me enrolar. Não estou aí para ser maltratada.

Ele franziu o cenho para ela.

– Você é ciumenta demais.

Ela ficou em silêncio por alguns instantes, então, bem baixinho, disse:

– Tenho todo o direito de ser ciumenta.

Os olhos dele se encolerizaram, sua voz elevou-se.

– O que você quer que eu faça, me tranque em um armário?

– Bem que eu gostaria. – Não estava olhando para ele. Olhava para a rua de paralelepípedos como se sua imobilidade sem vida fosse o único público para seus pensamentos mais profundos. – O que está acontecendo comigo? – murmurou. Então apontou para Kerrigan com um leve aceno de cabeça. – Esse cara está no meu sangue como se fosse uma doença. Chegou a um ponto em que não consigo pensar em mais nada.

Kerrigan olhou embasbacado para ela. Pela primeira vez teve a consciência de como Bella precisava dele, a extensão de seu desejo, que ia muito além da atração física. Há muito tempo ele sabia que ela estava realmente atraída por ele, e seu comportamento na cama sempre foi prova suficiente de que ela lhe dava algo especial. Mas ele nunca antecipara que sua fome por ele se transformasse na coisa mais importante da vida dela. Agora ele percebia que nunca tivera um interesse especial por Bella, que, apesar de sempre parecer ansioso por estar com ela, nunca tivera um sentimento mais profundo, sentimento que, agora, ela expressava em relação a ele.

De repente sentiu que estava sendo um problema na vida de Bella. Seus olhos se nublaram de culpa. Queria muito dizer algo carinhoso e confortante, mas não encontrou as frases.

Ela estava olhando para ele e dizia:

– Na cama, à noite, às vezes fico sentada, acordada, tentando descobrir o que existe entre nós dois. Por algum motivo louco eu sempre sonho que você está no alto de uma montanha. Eu estou em algum lugar por perto, não sei exatamente onde. E há centenas de milhares de mulheres tentando pegar você. Tenho tido esse mesmo sonho há meses.

Kerrigan deu um sorriso gentil.

– Não se preocupe com isso. Você não tem concorrentes.

– Se eu pudesse acreditar nisso.

– Eu estou dizendo, não estou?

– Dizer não basta. – Seus olhos mostravam preocupação e a dúvida ficava evidente na voz pesada e surda. – Não consigo me livrar desse ciúme. Por que isso me incomoda tanto?

Ele deu de ombros.

– Não tenho a menor idéia. Só sei que não me meti com nenhum outro rabo-de-saia desde que a gente está junto.

Era evidente que ela começava a acreditar nele. Ainda assim a preocupação permaneceu em seu olhar.

– Não que eu esteja imaginando coisas. Também não é pelo jeito que você olha para as mulheres. É o jeito que elas olham para você. Mesmo quando você passa do outro lado da rua, noto que elas se viram para olhar. Sei o que passa pela cabeça delas.

Ele deu de ombros outra vez.

– Essas mulheres da Vernon Street olham para qualquer coisa que use calças.

– Não olham, não – disse ela. – Eu sou uma delas, e acho que sei do que estou falando. É que há algo em você que atrai as mulheres.

Não havia nada de elogioso na maneira com que ela disse aquilo. Sua voz tinha uma tonalidade triste e ressentida.

– Quem dera eu soubesse o que elas vêem em você. Afinal, você é o quê? Só um grande pedaço de carne, um cara durão e forte da beira do cais que não terminou nem o colegial. E você não tem nada de bonito. Já vi muitos bêbados por aí muito mais bonitos que você. Então não é a aparência. Nem o cérebro. Como eu queria saber o que é!

Kerrigan ficou um tanto desconfortável e um

pouco incomodado com aquela avaliação de seu físico e sua inteligência.

– Não perca seu tempo tentando me decifrar. Só relaxe e me aceite como eu sou.

Por um longo instante ela ficou ali sentada olhando para ele. Então, aos poucos, seus lábios foram tomando a forma de um sorriso, o brilho voltou aos seus olhos, e seu rosto ficou mais corado.

Ela se levantou e disse:

– Vamos, vamos entrar.

Quando ia se levantar, algo o segurou ali sentado na porta de casa. Ele franziu o cenho levemente e disse:

– Vou ficar aqui sentado um pouco.

– Quanto tempo?

– Só alguns minutos.

– Tudo bem – disse ela. – Mas não demore. Não estou a fim de esperar.

Ele ouviu a porta se abrir e se fechar às suas costas, e disse a si mesmo que, agora, estava sozinho. Era como se tivessem tirado um peso dos seus ombros. Mas ao mesmo tempo ele se perguntava por que estava pensando em termos de um fardo, e não uma diversão.

Enquanto estava ali sentado, olhando despreocupado para a calçada, ouviu-se o zumbido suave de um automóvel que se aproximava em baixa velocidade. Ergueu os olhos e viu um carro conversível deslizar na direção do meio-fio.

Ele estremeceu, então retesou-se, olhando fixamente para os cabelos dourados de Loretta Channing.

Capítulo 5

O carro esporte parou bem em frente da casa dos Kerrigan. Loretta desceu e foi até ele, que estremeceu outra vez, tentando ignorar uma estranha excitação. Aos poucos conseguiu ficar com uma expressão séria nos olhos. E sentiu o ressentimento crescer ao perceber como ela estava relaxada. Quando ela se aproximou, ele murmurou:

– Tem certeza de que está com o endereço certo?

Ela balançou a cabeça. Não estava sorrindo.

– Aceitei seu convite.

– É um pouco tarde para o jantar.

– Não vim jantar.

Ele ficou ali sentado na soleira e lançou um olhar mal-humorado para ela.

Ela disse abruptamente.

– É só uma visita. Fiquei com vontade de ver você.

– Que legal – ele olhou além dela. – Você tem o hábito de visitar as pessoas às duas e meia da madrugada?

Ela deu de ombros levemente.

– Eu esperava que você não estivesse dormindo.

– Se estivesse, provavelmente você me acordaria. Talvez arrombasse a porta e entrasse no meu quarto.

– Na verdade, não – disse ela. – Nunca chego a esse ponto.

Ele olhou de soslaio para ela.

– Não tenho muita certeza disso.

Houve silêncio por alguns instantes, então ela disse:

— Quer dar uma volta?

Aquilo o pegou desprevenido. Ele franziu o cenho para ela, os olhos fazendo perguntas que, em sua maioria, eram dirigidas a ele mesmo.

— Está uma noite perfeita para um passeio de carro — disse ela, que apontou para o automóvel às suas costas. — A capota está abaixada e vamos pegar uma brisa. É uma boa maneira de se refrescar.

Antes de perceber o que fazia, levantou e a seguiu até o carro. Era um MG cinza-claro com bancos estofados em couro amarelo.

Ela entrou atrás do volante. Ele ficou parado, hesitante. Então viu que ela olhava para ele. Estava sorrindo. Era um sorriso discreto, parecia uma provocação. Ele tinha a sensação de que estava se preparando para um teste, e seus dentes estavam trincados quando deu a volta até o outro lado do carro.

Abriu a porta, fez que ia entrar, então disse:

— Esse estofamento é de primeira. Tem certeza que eu não vou sujá-lo? Estou com minhas roupas de trabalho.

— Por favor, entre.

Enquanto ela dava a partida, ele entrou e se ajeitou no assento. O carro se afastou do meio-fio. Dobraram uma esquina, depois outra, e o MG, então, estava de volta à Vernon Street. Ela não estava correndo, apenas rodando tranqüila. Ele relaxou e disse a si mesmo para aproveitar o passeio. Ela que se danasse. Era um carrão e tanto, estava proporcionando a ele um passeio agradável e isso era tudo. Mas então se perguntou se suas calças imundas estariam sujando o estofamento. Ele mordeu o lábio.

Então percebeu que seguiam na direção da Wharf Street e disse:

— Estamos indo na direção das docas.

— É, eu sei.

– Você já foi lá alguma vez?

– Muitas vezes – disse ela. – Mas nunca vi o rio à noite. Se importa se a gente der uma olhada?

Ele deu de ombros.

– É você quem está dirigindo.

O MG chegou na Wharf Street, entrou à direita e seguiu paralelo às docas. Agora estavam bem devagar. Passaram pelas enormes formas sombrias dos atracadouros e dos armazéns. Na água negra além do cais, os grandes cargueiros pareciam bois imóveis que aguardavam o amanhecer. A atividade no rio começaria em uma hora. Os caminhões viriam receber a carga dos navios que chegavam, e trabalhadores se esforçariam sob o peso de fardos, engradados e pesadas caixas de papelão. Mas agora, à luz do luar, os píeres estavam desertos, e o único som era do motor do MG.

O carro fez uma curva brusca e inesperada. Ele viu que estavam entrando nas tábuas de um cais largo. De um lado do cais havia um grande petroleiro holandês. O outro mostrava a ponte pênsil que atravessava o rio como uma grande lâmina curva de prata no negrume do céu. À frente, a borda do cais debruçava-se sobre quilômetros de águas profundas, sua escuridão riscada e pontilhada pelos reflexos das luzes da cidade. Era como milhões de lantejoulas multicoloridas sobre cetim preto.

Estacionaram no final do cais e ela ficou olhando para o rio.

– É de tirar o fôlego.

Ele não entendeu o que ela queria dizer e olhou para ela.

Ela fez um gesto com a mão para indicar o rio, o céu, os navios e a ponte.

– É mesmo magnífico.

Ele resmungou.

— Bem, é uma maneira de ver as coisas. — Então, ele deu de ombros. — Acho que é uma vista bonita para os turistas.

— Por que diz isso? Você não acha que é uma vista bonita?

— Talvez achasse se não trabalhasse aqui. — Ele olhou para as palmas calejadas de suas mãos. O silêncio prolongou-se por um longo instante, mas ainda assim podia sentir a pergunta que ela fazia. Finalmente ele disse:

— Eu trabalho nas docas. É um trabalho duro, e acho que me deixa com uma perspectiva diferente.

— Não necessariamente — murmurou ela, e apontou para o rio iluminado pelo luar. — Nós dois estamos vendo a mesma coisa.

— Olhe mais de perto — disse ele, e fez um gesto na direção dos pilares lascados do píer, onde boiavam lixo e sujeira. — Está vendo aquele negócio verde? É sujeira dos porões do navio. Não há nada mais imundo. Se entrar na sua pele, entra em você e nunca mais sai, não importa o quanto você esfregue. O fedor...

Ela deu de ombros. Ele viu que sua boca se contorcia numa expressão de nojo. Ela engoliu em seco, mordendo o lábio inferior.

— Está passando mal? — Ele estava rindo para ela.

— Está tudo bem — disse ela.

Os olhos dele estavam bem abertos e inocentes enquanto ele dizia a si mesmo para provocá-la e testá-la ainda mais.

— Só estou tentando mostrar a você o quadro completo. Você veio aqui ver a sujeira, estou mostrando a sujeira.

— Por que você chama isso de sujeira?

— É um nome tão bom quanto qualquer outro. — Notou a maneira com que ela olhava para ele, os olhos atentos, e disse: – Não fique curiosa demais, senhorita Channing. Está brincando com companhias barra-pesada.

– Você não é assim – disse ela contente. – Então, mais séria: – Você se lembrou do meu nome.

Ele desviou o olhar para longe dela e ficou quieto.

– Você se sente atraído por mim – disse ela.

Ele estava com o olhar distante, além do pára-brisa, fixo nas águas escuras do rio. Disse a si mesmo que o melhor a fazer era sair do carro e dar uma caminhada.

– Você está mesmo interessado em mim – disse ela. – Por que não admite que está interessado?

Ele sentiu uma sensação estranha bloqueando sua garganta. Queria olhar para ela, mas tinha medo de fazer isso.

– Claro que eu posso estar enganada – murmurou ela. – Talvez eu não faça o seu tipo.

– Pare com isso.

– Não posso.

– Isso é muito complicado – disse ele.

– Para nós dois.

– Para mim, não.

– Você está mentindo – disse ela. – Sabe que está mentindo.

Os dedos dele agarraram a maçaneta da porta. Ele implorou a si mesmo que a abrisse, saísse do carro e fosse embora.

Ele a ouviu dizer:

– Você me excita.

– Tudo bem, já chega.

– Mas excita – murmurou ela. – Você sabe que é verdade.

Sem olhar para ela, sabia que estava se inclinando na direção dele. Tentou abrir a porta, mas por algum motivo a maçaneta não se mexeu.

– Olhe para mim – disse ela.

Ele olhou. Ela estava ficando excitada e ele podia sentir o calor que vinha de seu corpo e fluía por dentro dele. Disse a si mesmo que não devia tocá-la. Seu cérebro puxava as rédeas freneticamente, mas ela estava perto e continuava se aproximando, como se estivesse flutuando. Ou talvez fosse ele que se movia na direção dela, não sabia ao certo. A única coisa de que tinha certeza era que estava ficando tonto com a sua proximidade. Então as rédeas se soltaram e não havia mais nada que ele pudesse fazer. Abraçou-a e, com os olhos fechados, beijou-a.

Ele nunca havia sentido aquilo antes, algo que nunca conhecera ou sequer imaginara. Parecia estar em uma nuvem, subindo e se afastando da Vernon Street, das docas e da cidade, para longe do mundo inteiro. Era uma sensação de deleite incomensurável e tinha um sabor que o deixava sedento por mais e mais. Mas de repente ele conseguiu pensar. E seus miolos disseram: "Ela só está brincando. Só está se divertindo com uma novidade que não conhecia".

Empurrou-a para longe, bruscamente, e ela se assustou. Então ficou sentada ali olhando para ele e sacudindo a cabeça lentamente:

– O que aconteceu? Qual o problema?

Ele não conseguiu falar.

– Por favor – disse ela. – Por favor, me diga qual é o problema.

Ele abriu a porta e saiu do carro, mas não passou disso. Ficou parado longe do carro, se perguntando por que não conseguia se mexer.

– Você parece estar com medo – disse ela, então seus olhos se arregalaram. – Você está com medo.

Olhou para ela e disse bem baixinho:

– Vá embora.

Por um longo momento os olhos dela permaneceram bem abertos. À parte isso, estava muito calma. Finalmente, com um leve dar de ombros, deu a partida no motor. O MG fez a volta, saiu do píer e foi embora.

Capítulo 6

Minutos mais tarde, ele estava na Vernon Street, a caminho de casa. Mas quando estava quase chegando, pensou em Bella e na batalha que iria começar quando chegasse lá. Provavelmente ela estava sentada na sala, esperando por ele, e havia muitas chances que tivesse um objeto pesado nas mãos, pronto para ser atirado nele no instante em que abrisse a porta. Por um momento ele sentiu extremo prazer em imaginar a possibilidade da discussão com Bella. Queria ouvir um pouco de barulho, e fazer um pouco, também, e talvez dar um ou dois tapas nela. Ele estava com vontade de bater em alguma coisa.

Parou abruptamente sob um poste de luz. Não, disse a si mesmo, não queria brigar com Bella. A única coisa, agora, que tinha vontade de socar era a própria cara. Tirou um maço de cigarros do bolso das calças de trabalho, botou um deles entre os lábios apertados e acendeu um fósforo. Encostou-se no poste de luz e ficou olhando para a rua e dando tragadas profundas no cigarro.

Então uma voz chamou:

– Ei, cara.

Ele se virou, olhou para a janela do barraco de madeira e viu os brincos compridos e brilhantes, o cabelo preto com laquê e o rosto cor de café-com-leite de Rita Montanez. No mercado da Vernon Street, que raramente chegava a três dólares, ela era a única com coragem de cobrar cinco. Conseguia cobrar isso porque seu corpo tinha curvas que faziam os homens engolirem em seco quando ela passava na rua. Rita era uma mistura de africana com português e tinha as características físicas mais refinadas dos ancestrais que deixaram suas terras. Seus olhos de ônix tinham cílios longos e ela tinha um belo nariz e lábios de grossura mediana. Tinha trinta e poucos anos, mas não parecia ter um dia a mais que vinte.

Kerrigan sorriu para Rita e foi até a janela. Apesar de não ser um cliente, tinha uma afeição verdadeira por ela, que remontava aos dias em que eram crianças brincando na rua.

– Tem outro cigarro? – perguntou Rita.

Ele deu um cigarro a ela e o acendeu.

Ela piscou para ele, acenou com a cabeça e disse:

– Quer entrar?

Ele riu de leve. Ela riu junto. Sempre faziam a mesma brincadeira, mas nunca passavam desse ponto.

– Novidades? – perguntou ela. – Como está meu amigo Thomas?

Kerrigan deu de ombros. O fato de seu pai ser um dos clientes habituais de Rita não o incomodava nem um pouco. Há muito tempo tinha se acostumado com o fato de Tom freqüentar as profissionais da Vernon.

Rita deu um grande trago no cigarro. Deixou a fumaça sair lentamente pela boca entreaberta e observou enquanto se elevava acima de seus olhos.

– Gosto de Thomas. Ele é um homem e tanto – disse ela.

Os pensamentos de Kerrigan só estavam parcialmente focados no que ela dizia. Ele falou sem dar muita atenção.

– É melhor você tomar cuidado com Lola.

Rita apertou os olhos. Era um movimento puramente técnico, uma expressão de estratégia de negócios.

– Acha que Lola sabe de alguma coisa?

Ele deu de ombros.

– Eu não sei o que ela sabe. Mas cedo ou tarde ela vai fazer uma visita para você. É melhor estar preparada para correr.

– Dela? Ela não passa de um monte de banha que fala demais. – Rita soprou a fumaça para longe de seu rosto. – Não estou preocupada com Lola. Não me preocupo com nenhuma mulher. – Levou a mão para trás da nuca e seus dedos ressurgiram segurando a cabeça, em forma de um pequeno escaravelho negro, de um alfinete de chapéu de quinze centímetros. – Com isso aqui ela não leva vantagem nenhuma – disse ela. – Um golpe basta para todo mundo descobrir quem é que manda.

Ele sorriu.

– Você é mesmo fogo, Rita.

– Tenho que ser. Essa rua não é lugar para molengas.

O sorriso desapareceu e ele encarou a parede lascada do barraco.

– Faz sentido – disse ele.

Ela estudou seus olhos. De repente sabia em que ele estava pensando. Esticou a mão e tocou no braço dele.

– Não deixe que isso acabe com você.

Ele ficou em silêncio.

Rita continuou com a mão no braço dele.

– Eu era muito amiga da sua irmã.

Ele piscou e olhou para o rosto pintado da mulher de cinco dólares.

Rita balançou a cabeça.

– Amigas de verdade – disse ela. – E eu não sou de fazer amigos com facilidade. Especialmente mulheres. Mas com Catherine era diferente. Ela era mesmo nota 10.

Ele encarou Rita e disse:

– Não sabia que ela era sua amiga.

– Ela era amiga de todo mundo. – Rita olhou além da cabeça de Kerrigan.– Eu sempre via quando ela dava doces para as crianças na rua. Dava moedas para os mendigos e os aleijados. Sempre estava dando alguma coisa.

A voz dele ficou mais grossa.

– Ela recebeu uma recompensa e tanto.

– Não fique pensando nisso.

Por alguns instantes ele ficou calado. E então falou, uma voz grave, saída do fundo da garganta:

– Foi culpa minha.

Ela olhou para ele e ficou séria.

– Eu sabia que este aqui não era o lugar dela – disse ele. – Eu devia ter tirado ela daqui.

– E levado para onde?

– Qualquer lugar – disse ele. – Só para tirá-la desta bagunça. Essa droga de rua.

– Você não gosta da rua?

– Olhe para ela. – Ele apontou para o calçamento esburacado, as sarjetas obstruídas, o lixo na porta das casas.– Gostar de quê?

– Ela gostava daqui – disse Rita.

– Ela não tinha escolha. Viveu aqui a vida inteira e nunca conheceu coisa melhor.

– Mas ela gostava. Era feliz aqui. Você precisa lembrar disso.

– Só me lembro de uma coisa: que eu podia tê-la tirado deste buraco e não tirei.

– Pare de ficar se culpando – disse Rita.

– Não tem mais ninguém para culpar.

– Tem, sim. Mas é impossível dizer quem é, você não sabe o nome dele. Talvez nunca venha a saber. Afinal de contas, aconteceu há mais de um ano. O melhor a fazer é esquecer.

Ele queria dizer alguma coisa, discordar do ponto de vista de Rita, mas procurar uma maneira de fazer isso foi como tatear dentro de um armário escuro sem paredes. Ele sacudiu a cabeça devagar, em vão, e finalmente murmurou:

– Boa noite, Rita. – E foi embora.

Na esquina da Fourth com a Vernon, ele pegou seu relógio de bolso. Os ponteiros indicavam três e vinte. Ele tinha que levantar muito cedo e não valia a pena voltar para a casa e ir para a cama. E agora não sentia qualquer prazer ante a perspectiva de uma batalha com Bella. Estremeceu ao pensar que ela ainda devia estar acordada, esperando para recebê-lo com uma chuva de insultos. De repente, ele estava pensando no guichê da estação ferroviária, na rodoviária, nos cargueiros atracados no cais. Ele queria apenas uma viagem longa que o levasse para longe da Vernon Street.

"Pare com isso", disse para si mesmo. "Deixe isso para depois."

Ele deu de ombros. Mas fez um esforço maior que o normal. Seus ombros, era estranho, estavam pesados. Então, ao tentar livrar-se da sensação de peso, apertou o passo. Mas, de repente, parou. Virou a cabeça devagar e olhou para o beco escuro, onde o luar caía sobre uma garrafa quebrada, uma lata amassada, e as marcas do sangue seco de sua irmã.

Ele andou na direção do beco e logo estava dentro da viela, olhando para as marcas de sangue. Ele se perguntou por que seus olhos sentiram frio. "Pare com isso", disse para si mesmo. "Vá embora daqui. Vá para casa." Mas ele permaneceu ali olhando para as marcas rubras no calçamento esburacado. Um minuto se passou, outro minuto, e então de repente ele teve a sensação de que alguém o observava.

Virou-se bem devagar. Viu o cabelo cor de cenoura, o pescoço grosso e os ombros arqueados de Mooney. O pintor de tabuletas estava com a cabeça inclinada e os braços cruzados e parecia examinar Kerrigan como se estivesse prestes a fazer um desenho dele a carvão.

Kerrigan deu um sorriso incerto.

– Não sabia que você estava aí.

– Eu vi você – disse Mooney. Ele mudou de posição, encostou-se na parede do barraco na entrada do beco. Seu cabelo estava molhado e reluzente.

– A nadada foi boa? Se refrescou um pouco? – perguntou Kerrigan.

Mooney tinha um olhar de manifesto desagrado.

– Aquele maldito rio. Me refrescou, sim, só que quase me afogou.

Kerrigan deu um sorriso.

– Nick estava lá para ver isso?

Mooney balançou a cabeça e respondeu rápido:

– Chegou bem a tempo. Eu tinha afundado duas vezes antes de ele mergulhar.

Kerrigan ainda estava sorrindo.

– Onde está o Nick, agora?

– Foi para casa. É isso o que eu devia fazer. – Ele deu de ombros outra vez. Então olhou para Kerrigan e falou baixo: – Fez algum progresso?

– O quê? – disse Kerrigan. – Do que você está falando?

– Essa situação aqui – murmurou Mooney. Ele estava olhando para as marcas de sangue. – Já vi você neste beco mais vezes do que posso contar. Claro, não é da minha conta...

– Tudo bem, vamos parar com isso.

– Você é que não pára com isso.

– Estou parando agora. É caso encerrado.

– Não é mesmo. Você vai voltar aqui. Vai continuar a voltar aqui.

– Se fizer isso, sou um idiota – disse Kerrigan.

– Eu não diria isso. – Mooney falou bem baixo, quase um sussurro. – Nunca soube que você fosse um idiota.

Por um longo momento eles ficaram ali olhando um para o outro, então Mooney disse:

– Você vem aqui investigar.

– Não há nada para investigar – disse Kerrigan. Mas quando dizia isso, fazia um estudo cuidadoso do rosto de Mooney, especialmente os olhos. Continuou tentando falar despreocupadamente. – Foi ela que se matou. Não há a menor dúvida. Pegou uma lâmina enferrujada, cortou a própria garganta e se deitou para morrer. Então o fato é que ela fez isso com as próprias mãos. Para mim isso basta.

– Mas você sabe que não basta, é muito mais grave – disse Mooney. – Ela fez isso porque foi violada e não podia agüentar a dor e a tristeza ou o que quer que fosse. Isso nunca foi segredo. Vocês não estavam aqui quando aconteceu, mas as pessoas ficaram chocadas e toda a vizinhança procurou pelo homem que fez isso. Sabe, todo mundo gostava dela. Eu gostava muito dela.

– Gostava?

– Gostava – disse Mooney. – Muito.

– Não sabia que você a conhecia.

– Não me olhe desse jeito – disse Mooney.

– Qual o problema? – disse calmamente Kerrigan.

– Não gosto do jeito que você está olhando para mim. – O rosto de Mooney estava sem qualquer expressão. – Não me enrole. Estou falando direito com você.

– Espero que sim – disse Kerrigan. – Vocês se conheciam muito bem? Nunca vi você conversando com ela.

— Conversamos muitas vezes – disse Mooney. – Alguém contou a ela que, antigamente, eu pintava quadros. Ela gostava de conversar sobre pintura. Queria aprender. Uma vez mostrei a ela algumas de minhas aquarelas.

— Onde? No seu quarto?

— Claro.

Kerrigan olhou para o pescoço grosso de Mooney e disse:

— Ela não entraria no quarto de um homem.

— Entraria, se confiasse nele.

— Como sabe que ela confiava em você?

— Ela me contou – disse Mooney.

— Você pode provar isso?

— Provar o quê?

— Que você é de confiança.

Mooney franziu levemente o cenho.

— Desculpe por ter começado tudo isso – disse para si mesmo. Então, olhou diretamente para Kerrigan. – Você suspeita de todo mundo, não é?

— Não é bem assim – disse Kerrigan. – Só tenho pensado muito.

— É, dá pra perceber. – Mooney balançava a cabeça devagar. – Você anda pensando demais.

Kerrigan respirou lenta e profundamente, então disse baixinho:

— Acho melhor a gente dar um passeio.

— Aonde?

— Ao seu quarto.

— Para quê? – perguntou Mooney. – O que tem no meu quarto?

— As aquarelas – disse Kerrigan. Ele deu um sorriso meio fechado e acrescentou: – Ou talvez não haja aquarela nenhuma. Talvez só tenha uma cama. Eu queria dar uma olhada para ter certeza.

O rosto de Mooney estava perplexo.

– Você está duvidando de mim?

– Claro – disse Kerrigan, e abriu um sorriso.

Mooney ficou imóvel por alguns instantes. Finalmente deu de ombros, saiu do beco e Kerrigan foi atrás dele. Desceram a Vernon Street na direção da Third. Perto da esquina da Third com a Vernon, eles entraram em outro beco. Era muito estreito, e as janelas dos barracos de madeira não tinham luzes. Mooney estava andando devagar e Kerrigan ia atrás dele e o vigiava com cuidado. Os ombros de Mooney estavam um pouco curvados, seus braços, um pouco arqueados e afastados do corpo, e ele parecia estar se preparando para alguma coisa.

– Você está aí?

– Bem atrás de você.

Mooney reduziu o passo e parou. Começou a virar a cabeça.

– Continue andando – disse Kerrigan.

– Escute, Bill...

– Não – interrompeu Kerrigan. – Você não pode parar agora. Está me levando até o seu quarto.

– Só quero dizer...

– Você vai dizer isso depois. Continue andando.

Mooney tornou a caminhar e Kerrigan o seguiu. Eles desceram a viela até a metade e chegaram em um barraco de dois andares. A porta dava direto para a rua e as janelas da frente não tinham vidro. Mooney foi até a porta, parou outra vez e ia se virar para dar uma olhada em Kerrigan.

– Entra – disse Kerrigan.

– Bill, você me conhece desde pequeno.

– Isso é o que quero saber – murmurou Kerrigan. Então disse entre os dentes: – Vamos, entra. Entra logo, droga.

Mooney abriu a porta. Eles entraram em uma sala onde havia muita gente dormindo. Não havia camas suficientes e, por isso, o chão era uma confusão de crianças e adultos dormindo. Kerrigan ficou bem atrás de Mooning. Caminharam com cuidado para não pisar nas pessoas deitadas. Atravessaram a sala e chegaram a outro aposento onde havia mais gente dormindo. Por um instante Kerrigan se esqueceu de Mooney e se perguntou quantas famílias moravam naquela pocilga. Que se danem, pensou, eles não têm que viver desse jeito. Podiam, pelo menos, manter o lugar limpo. Mas então sua mente voltou-se para Mooney e ele viu o pintor de tabuletas virar na direção da escada. Ele pensou: agora, cuidado, pode acontecer quando você estiver no meio da escada.

Mas nada aconteceu. Mooney nem olhou para trás. Eles chegaram no segundo andar e seguiram por um corredor muito estreito. O teto era baixo e não havia muito ar. Parecia mesmo não haver qualquer ar.

Ele seguiu Mooney até um quarto. Era pequeno e não tinha mobília. A única coisa que viu foi um colchão no chão. Mas quando Mooney acendeu a luz, viu outros objetos.

Havia um vaso grande, com mais de um metro de altura. Era de algum tipo de pedra esmaltada. Estava rachado em vários lugares e parecia muito velho. Kerrigan olhou para ver o que havia dentro dele e viu que estava cheio de cinzas e pontas de cigarro. Ao lado do vaso havia uma pilha de papel grande e de superfície áspera, do tipo usado para aquarelas. E então ele viu os vidros de tinta, os tubinhos e os pincéis. Havia pincéis de vários tamanhos espalhados pelo quarto. Calculou que devia haver pelo menos cem pincéis ali. Ele se aproximou da pilha de papel, ergueu as extremidades e viu que algumas folhas não tinham sido usadas. Mas nas outras havia aquarelas de paisagens e naturezas-mortas e alguns retratos. Era a prova concreta de que Mooney não havia mentido.

– Bem – disse baixinho –, você tem mesmo pinturas aqui.

Esperou uma resposta. Não houve resposta. Virou-se devagar para olhar para Mooney, que estava de pé do outro lado do quarto, de frente para a parede. Não havia qualquer ruído ali, nem mesmo de respiração.

Os dois estavam olhando para a parede e o que havia nela.

Era uma aquarela bem grande sobre cartão grosso. Era a única pintura em todas as paredes. A cor predominante era o fundo cinzento e amarelado e sobre ele o cinza-esverdeado do rosto dela e o amarelo-cinzento e achocolatado de seu cabelo. Era só a cabeça, o pescoço e os ombros sobre o fundo. A cabeça estava um pouquinho abaixada e não havia muita expressão no rosto. Na verdade, era apenas o retrato de uma garota muito magra de cabelo comprido, nada demais. Mas ela estava viva naquela parede. Parecia estar viva, respirando, e totalmente consciente de quem e o que era. Era Catherine Kerrigan.

– Não queria que você visse isso – disse Mooney. – Tentei contar a você.

Kerrigan estava andando para trás. Continuou andando até esbarrar no vaso grande. Ele levou a mão para trás e se agarrou à borda do vaso. Seus dedos se misturaram com a pedra esmaltada e então sentiu seus braços como se fossem de pedra, e ele se perguntou se seu corpo inteiro estaria virando pedra. Estava olhando para sua irmã e dizendo a si mesmo que ela não podia estar morta.

Ouviu Mooney dizer:

– Droga, eu tentei contar a você. Não queria que você viesse aqui.

— Tudo bem – disse ele. Mas as palavras nada significavam.

Ele olhou para ela ali na parede e, sem som, falou: "Catherine, Catherine".

E então, sem ver o rosto de Mooney, foi atingido por algo que vinha dos olhos dele. Olhou para ele e soube o que era, o que tinha sido por muito tempo, o que sempre iria ser. O conhecimento disso veio bem devagar, penetrou fundo e afastou todo o choque e a surpresa, fazendo-o compreender bem que Mooney a havia venerado, e continuaria venerando.

Ficou olhando para Mooney por alguns instantes e eles conversaram em silêncio. Estavam falando sobre ela, dizendo um para o outro como ela fora especial, falando de toda a bondade e doçura de sua natureza, as maneiras gentis e a sinceridade. No silêncio do quarto ela olhava para eles e parecia que se unia a eles em sua discussão sem som e dizia: não exagerem. Eu não era nada demais, só mais uma garota da Vernon com pouco cérebro e nada bonita.

Mooney falou em voz alta.

— Ela era de primeira. De primeira.

De repente, Kerrigan sentiu-se muito cansado. Olhou ao redor à procura de um lugar para sentar. Acabou sentando no colchão no chão. Abraçou os joelhos dobrados e baixou a cabeça, os olhos quase fechados.

Ele ouviu Mooney dizer:

— Ela nunca soube o que eu sentia por ela. E não tenho certeza de que posso contar para você agora.

— Acho que eu já sei.

— Não, não sabe – disse Mooney. – Ela era sua irmã, e é um sentimento completamente diferente. Você nunca teve de lutar contra algo dentro de você, uma coisa que dizia que você era macho, e ela, fêmea. Eu a queria tanto que eu roubava farmácias para me envenenar, assim eu tinha as dores de estômago para pensar.

Kerrigan olhou para ele.

– Por que você não disse a ela?

– Não podia. Ela teria ficado com pena de mim. Talvez fizesse algo que não quisesse fazer. Só para tornar as coisas melhores para mim. Teria sido um ato de caridade. Sabe, se achasse que ela gostava de mim, eu a teria pedido em casamento.

– Você devia ter contado a ela.

Mooney deu um suspiro lento, olhou para o chão e disse;

– Ela era limpa e eu sou um homem sujo. O tipo de sujeira que não dá para lavar. Memórias demais de lugares sujos e mulheres sujas.

– Você não é tão sujo. E eu acho que você devia ter contado a ela.

– Bem, talvez eu não fosse homem o suficiente – Mooney se virou e olhou para o retrato na parede.

Kerrigan olhou para Mooney. Ficou com muita pena dele e não conseguiu dizer coisa alguma.

– Não fosse homem o suficiente – disse Mooney. – Só um especialista na arte de desperdiçar tempo e estragar as coisas. Em uma época os críticos me colocaram entre os nomes importantes da aquarela. Disseram que, em breve, eu estaria tirando Marin do primeiro lugar dessa lista. Hoje eu pinto letreiros de açougues e alfaiatarias. Minha renda semanal, segundo as últimas informações, vai de doze a quinze dólares. Se o departamento do Tesouro estiver interessado, o total de minha fortuna atual é um dólar e sessenta e sete centavos.

Mooney estava dizendo aquilo para a garota morta, falando como se conversasse, como se achasse que ela podia realmente escutar o que estava dizendo.

– Chega uma hora – disse ele para o rosto pintado na parede – que a pilha acaba, a energia desaparece, e um sujeito simplesmente pára de se importar. Isso aconteceu há muito tempo com esse cidadão aqui. Eu não podia ter feito nada por você além de me apoiar em seu ombro e puxá-la para baixo. Sou um verdadeiro fardo, um peso e tanto. Tenho um enorme talento para esgotar as pessoas.

Kerrigan achou que estava na sua hora de dizer algo.

– Você tem bastante talento para pintar quadros – ele olhou para o retrato na parede.

– Obrigado – disse Mooney baixinho e de maneira formal, como se estivesse se dirigindo a um crítico de arte. Então assumiu um tom técnico. – Eu não pintei com um modelo vivo. Essa obra foi feita de memória. Foram mais de trinta esboços. O retrato levou mais de três meses para ficar pronto e esta é a primeira vez que mostro a alguém.

Kerrigan balançou a cabeça, apesar de mal estar escutando. Continuou olhando para o rosto pintado emoldurado ali na parede e, aos poucos, ele se transformou em um rosto vivo, conforme as engrenagens do tempo se moviam para trás, levando-o de volta a uma noite cinco anos antes, quando estava com Catherine na esquina da Second com a Vernon. Ele estava subindo a Second Street quando a viu encostada no poste de luz da esquina. Ao se aproximar, percebeu que ela respirava com dificuldade, como se tivesse acabado de correr, e disse:

– Qual o problema?

Por alguns instantes, ela não respondeu, então sorriu, deu de ombros e disse:

– Não é nada.

Mas ele sabia que o sorriso era forçado, e o dar de ombros, um esforço para esconder algo.

Botou as mãos nos ombros de Catherine e disse baixinho:

– Catherine. – A voz dele estava gentil. – Me conte o que aconteceu.

Ela hesitou. Então, seja lá qual fosse o problema, ela fez uma tentativa de evitá-lo.

– Você parece muito cansado, esgotado mesmo. Trabalhou muito, hoje?

– Hora extra – respondeu ele. – Estavam com falta de pessoal. – À luz do poste de luz, viu a linha delicada dos traços dela, a fragilidade de seu corpo. Ela sempre usava saltos baixos e vestidos de cintura frouxa de colegial e parecia ter muito menos que dezoito anos. O vestido era de algodão, de um cinza simples e sem graça, e precisava ser costurado aqui e ali. Mas estava limpo. Ela não usaria algo que não estivesse limpo.

Ela estava sorrindo outra vez quando disse:

– Você parece mesmo arrasado. Vamos a algum lugar para sentar.

Ela sempre dizia: "Vamos a algum lugar", como se houvesse outro lugar para ir além da lojinha de doces, que tinha um balcão onde serviam refrigerantes e algumas banquetas gastas.

– Vamos – disse ela. – Eu pago um refrigerante pra você.

Ela o pegou pela mão e ele sentiu que estava ansiosa para sair da esquina. Andaram dois quarteirões até a lojinha de doces, entraram e sentaram diante do balcão. Ela perguntou o que ele queria.

– Laranja – respondeu.

Ela botou uma moeda de dez centavos no balcão e pediu duas garrafas de refrigerante de laranja.

Ele deu alguns goles grandes e esvaziou a garrafa. Ela bebeu a sua com canudinho. Ele ficou observando-a saborear o refrigerante em goles pequenos, com expressão de prazer no rosto, e pensou: "Ela se satisfaz com tão pouco".

De repente ele desceu do banco e foi até a prateleira de revistas. Ela gostava de revistas de cinema e ele conferiu todas para ver se havia alguma que ainda não tivesse lido. Ia pegar uma revista quando a porta se abriu e três homens entraram na loja de doces, meio que sem pedir licença. Virou-se e olhou para eles. Estavam usando camisas rasgadas, calças esfarrapadas e sapatos surrados. Era difícil dizer qual era o mais feio, qual o rosto mais deformado.

Os três estavam piscando uns para os outros quando foram na direção de Catherine. Ela ainda estava bebendo o refrigerante e não os havia visto. Kerrigan ficou esperando para ver o que eles iam fazer. Viu que o mais baixo, que parecia um peso médio, deslizou para o lugar ao lado de Catherine. O peso médio sorriu para ela e disse:

– Quem diria! Nos encontramos de novo.

Catherine estava tremendo um pouco. Kerrigan teve uma noção apropriada do motivo de ela estar sem fôlego quando a encontrou na esquina.

O peso médio continuou a sorrir para ela. Os outros dois estavam dando risinhos. Um deles tinha uma cicatriz no rosto e o outro, a pele amarelada e dentes podres projetados para frente que o impediam de fechar a boca. O Cicatriz sentou-se, então Catherine ficou presa entre ele e o peso médio. O Cicatriz disse algo em voz baixa que Kerrigan não conseguiu ouvir. Catherine estremeceu e virou a cabeça para ver Kerrigan ali de pé em frente à prateleira de revistas. Ele deu um aceno de cabeça tranqüilizador, como se dissesse: "Não se preocupe, ainda estou aqui. Só quero ver onde eles vão chegar com isso".

O sorriso do peso médio se abriu e se transformou em uma careta quando ele disse para Catherine:

– Por que você fugiu?

Catherine não respondeu. O velho proprietário da loja de doces estava de pé atrás do balcão olhando de cara feia para os três jovens e disse:

– E então? E então?

– Então o quê? – disse Cicatriz.

– Isto aqui é uma loja. O que vocês vão comprar?

– Não estamos com pressa – disse o peso médio e se virou para Catherine. – Não gosto de me apressar. Assim, as coisas ficam mais interessantes. – Ele se aproximou dela.

– Por favor, vá embora – disse Catherine.

O proprietário estava apontando para uma placa na parede atrás do balcão:

– Vocês sabem ler? – perguntou aos três jovens. – Está escrito: "apenas para clientes".

– Nós somos clientes – disse educadamente o peso médio. – Viemos aqui para um encontro, é isso.

Catherine começou a se levantar do banquinho, mas estava cercada por todos os lados e eles não abriram espaço para ela. Kerrigan não se moveu. Disse a si mesmo que esperaria até que um deles pusesse a mão nela.

O proprietário respirou fundo outra vez.

– Isto aqui é uma loja – repetiu. – Se não vão comprar alguma coisa, é melhor irem embora.

– Tudo bem, tio. – O peso médio tirou uma nota de um dólar do bolso. – Três *root beer* com sorvete. – Fez um gesto despreocupado para a garrafa nas mãos trêmulas de Catherine. Tomou-a dela e disse ao proprietário. – Melhor fazer quatro.

Catherine olhou para o peso médio. Não estava mais tremendo. Havia apenas um leve traço de sorriso em seu lábios. Era um sorriso bondoso, com um toque de piedade. Ela disse com muita delicadeza:

– Desculpe ter fugido de você e seus amigos. Mas vocês estavam sendo grosseiros e desagradáveis. Quando você veio na minha direção...

– Eu não ia machucar você – disse o peso médio. Estava com o cenho levemente franzido. Parecia não saber ao certo o que dizer em seguida. Dirigiu a cara fechada para Cicatriz e Dentuço, como se os culpasse por alguma coisa. Aos poucos sua expressão relaxou. – Droga. Eu devia ter percebido pelo seu jeito de andar. Você não anda por aí rebolando como as outras mulheres.

Catherine deu um sorriso, olhou para seu corpo magricela, deu de ombros, e disse:

– Eu não tenho nada para rebolar.

O peso médio riu e os outros dois o acompanharam. Kerrigan disse a si mesmo para relaxar. Agora estava tudo bem. Viu o Dentuço sentar ao lado do Cicatriz e o proprietário colocar quatro *root beer* com sorvete no balcão. Então ouviu o peso médio dizer:

– Meu nome é Mickey, esse é o Pete e aquele o Wally.

– Sou Catherine – disse ela, e se virou e fez um gesto para Kerrigan, que se aproximou. – Esse é o Bill. Meu irmão.

– Oi – disse o peso médio. Ele disse ao proprietário para preparar outra *root beer* com sorvete.

Agora Kerrigan não estava com sede, mas resolveu beber assim mesmo. Agradeceu ao peso médio e viu o sorriso satisfeito no rosto de Catherine. Ela estava feliz porque todos estavam amigáveis.

Ele bebeu a *root beer* com sorvete e escutou a voz suave de Catherine, que conversava com os três jovens delinqüentes. Sua voz era como um toque que confortava.

Olhou para o rosto de sua irmã e viu o brilho gentil em seus olhos.

Então as engrenagens do tempo giraram outra vez e era agora, era outra vez o quarto de Mooney. Ele estava ali sentado no colchão no chão e olhando para cima, para o retrato na parede.

– Você parece estar acabado – disse Mooney. – Por que não vira pro lado e dorme?

Ele lançou um olhar baço para Mooney.

– Tenho que acordar cedo. Não tem despertador.

– Tudo bem. Eu acordo você. Tem relógio?

Kerrigan já estava de bruços no colchão e com os olhos fechados quando pegou o relógio de bolso e o entregou a Mooney.

– Me acorde às seis e meia – murmurou, e enquanto o sono caía sobre seu cérebro, ele se perguntou o que Mooney ficaria fazendo acordado àquela hora. Mas antes de transformar a pergunta em palavras, dormiu.

Capítulo 7

Às dez da manhã, o sol parecia um enorme canhão que atirava fogo líquido sobre o rio. Perto das docas, os navios grandes tremeluziam com o calor úmido e abafado. Os estivadores do cais estavam sem camisa, e alguns deles tinham panos amarrados na cabeça para impedir que o suor escorresse para seus olhos.

No píer 17, um navio tinha acabado de chegar das Índias Ocidentais com uma carga de abacaxis, e os capatazes das docas estavam berrando ordens febrilmente, estimulando os estivadores a trabalharem mais rápido. Alguns atacadistas de frutas que circulavam apressados reclamavam que os abacaxis estavam apodrecendo no barco, derretendo no calor, enquanto aqueles malditos preguiçosos demoravam demais, carregavam os caixotes como se tivessem chumbo nas calças.

Kerrigan e dois outros trabalhadores estavam lutando com um caixote de trezentos quilos quando um homenzinho que usava um chapéu de palha apareceu e gritou:

– Levantem isso! Pelo amor de Deus, levantem isso!

Eles estavam tentando colocar o caixote sobre uma plataforma com rodas. Mas naquele lado do píer havia um problema de tráfego. Eles estavam cercados por uma confusão de caixotes, fardos e caixas enormes, e o espaço era insuficiente para fazer uma alavanca.

Abaixados, com o caixote apoiado em suas costas, os dois estivadores resfolegavam e faziam caretas enquanto Kerrigan, ajoelhado sobre as tábuas e com as mãos por baixo da borda do engradado, tentava encaixá-lo sobre a plataforma.

– Seus idiotas! – berrou o homenzinho. – Vocês não estão fazendo direito.

A extremidade do caixote subiu na plataforma. As rodas, porém, se moveram um pouco e ele escorregou. As mãos de Kerrigan estavam sob o caixote e ele as retirou bem a tempo.

– Eu falei – gritou o homenzinho. – Está vendo só?

Um dos estivadores olhou para o homenzinho. Então olhou para Kerrigan e disse:

– Tudo bem, Bill, vamos tentar de novo.

O outro estivador esticou as costas, esfregou a espinha e disse:

– Acho que a gente está precisando é de mais espaço.

O homenzinho gritou.

– Vocês precisam de mais cérebro, isso sim.

Kerrigan tirou o suor do rosto. Tomou posição ao lado do caixote, empurrou uma caixa menor contra a plataforma para evitar que ela rolasse, e disse para os estivadores:

– Prontos?

– Prontos.

– Então vamos – rosnou Kerrigan, e os homens apoiaram o peso do caixote nas costas enquanto Kerrigan lutava para colocá-lo sobre a plataforma. Conseguiu levantá-lo acima da borda outra vez, mas nesse momento uma ponta solta de metal enferrujado penetrou em sua unha e ele largou o caixote.

– Droga – murmurou quando o caixote caiu da plataforma com força sobre as tábuas do píer. Ele se levantou, botou o dedo machucado na boca e chupou o sangue.

– Entrou fundo? – perguntou um dos estivadores.

– Tudo bem. – Kerrigan estremeceu, tirou o dedo da boca, olhou para a pele rasgada e disse: – Acho que está tudo bem.

– Não está com uma cara boa, Bill. É melhor fazer um curativo.

– Ah, deixa essa droga pra lá – disse Kerrigan.

O homenzinho estava pulando e gritando.

– Por que vocês estão parados? E os abacaxis? Olhem os abacaxis. Estão apodrecendo no sol. – Ele se dirigiu a um capataz que estava do outro lado do píer. – Ei, Ruttman! Venha cá, quero que você veja isso.

O capataz das docas passou por um espaço entre as pilhas de caixotes de abacaxis. Era um homem muito grande, com trinta e tantos anos. Sua cabeça era meio calva, o nariz achatado, os lábios tinham cicatrizes e o queixo e a mandíbula eram bem grandes. Seus braços eram tatuados do pulso ao ombro, e os pêlos em seu peito pareciam um ornamento de folhas sobre a grande tatuagem, a cabeça negra-marrom-púrpura de um búfalo africano.

Enquanto Ruttman se aproximava, o homenzinho continuou a pular para cima e para baixo e a gritar:

– Que tipo de gente trabalha aqui? Olhe só essa situação.

– Calma, Johnny, calma. – Ruttman tinha uma voz grave e macia. Ele chegou perto do caixote, olhou para a plataforma sobre rodas e então para os três estivadores, e disse: – O que está acontecendo aqui?

– Não estamos conseguindo – disse um deles. – Não temos espaço suficiente para trabalhar direito.

– Mentiroso – ganiu alto o homenzinho. – Tem bastante espaço. Vocês só estão fazendo corpo mole, só isso. Só estão tentando matar tempo.

Ruttman mandou que o homenzinho fosse embora, e ele começou a latir, dizendo que tinha muito dinheiro investido naqueles abacaxis e não ia deixar que eles se estragassem de jeito nenhum. Ruttman disse que os abacaxis não iam estragar e ajudaria muito se o homenzinho fosse embora. O homenzinho cruzou os braços e disse que não ia sair dali. Ruttman deu um suspiro de aborrecimento e deu um passo lento na direção do homenzinho. O homenzinho deu no pé.

Os três estivadores foram na direção do engradado e Ruttman sacudiu a cabeça, acenou para que eles voltassem e disse:

– Isso não está bem. Temos que fazer de outro jeito. – Ele olhou para Kerrigan. – Traga uma corrente e uma alavanca.

Kerrigan virou-se e seguiu pela plataforma do cais, enxugando o suor do rosto. No barracão de ferramentas encontrou um rolo de fita adesiva. Cortou um pedaço e enrolou no dedo cortado. Saiu do barracão carregando a corrente pesada e a alavanca. Deu alguns passos e parou de repente. A alavanca caiu de sua mão e a corrente escorregou de seus dedos. Ele ficou imóvel, sem conseguir desviar os olhos de Loretta Channing.

Ela estava ao volante do MG. O carro estava estacionado no cais. Alguns homens de chapéus-panamá e ternos de tropical estavam encostados no carro e era claro que ela obtivera permissão especial para ir até o píer.

Kerrigan estava ali parado, sem conseguir respirar, quando Loretta acenou. Ele sentiu-se embaraçado no momento em os homens de chapéus-panamá viraram para olhar para ele, seus rostos mostrando sorrisos um pouco intrigados.

Disse a si mesmo para pegar a corrente e a alavanca e dar o fora dali. Mas quando se abaixou, retesou-se outra vez. Estava olhando para um objeto nas mãos de Loretta. Era uma câmera pequena que ela apontou em sua direção.

Ele se levantou. O ar que respirava parecia queimar. Seus braços estavam afastados do corpo, as mãos, cerradas, e nem percebeu que estava mostrando os dentes.

A câmera fez um clique. Um barulho muito pequeno, que foi amplificado em seu cérebro. Soou como uma chicotada em seu rosto.

Foi bem devagar na direção do MG, a cabeça projetada para a frente como uma arma apontada. Um fruteiro vestindo um avental cruzou seu caminho e ele empurrou o homem para o lado, sem dar ouvidos às suas reclamações. Os homens de chapéus-panamá se mexeram desconfortáveis quando detectaram a ameaça em sua aproximação. Instintivamente saíram do caminho. Mas Loretta não se mexeu. Ficou ali sentada ao volante, sorrindo, esperando por ele, a câmera frouxa em suas mãos.

Ele chegou à porta do MG, apontou para a câmera e disse:

– Me dê isso.

Loretta arregalou os olhos, simulando uma surpresa afetada.

– Você quer de presente?
– Só quero o filme.

Ela ainda mantinha a expressão de zombaria.

– O que você vai fazer com ele?
– Quero fazer você engolir ele.

Os homens de chapéus-panamá estavam engolindo em seco e olhando um para o outro. Um deles se aproximou e deu um tapinha no ombro de Kerrigan.

– Não precisa se ofender, meu caro. Tudo o que a senhora fez foi tirar seu retrato.
– Fique fora disso – disse Kerrigan.

O homem disse:
— Agora, olhe aqui uma coisa. Sou um dos donos deste píer.

Ignorando o homem, Kerrigan fez um gesto na direção da câmera. Loretta, porém, foi mais rápida. Abriu a tampa do porta-luvas, jogou a câmera lá dentro e fechou.

Kerrigan agarrou a porta, inclinou-se por sobre o volante e esticou a mão na direção do porta-luvas. O dono do píer agarrou seu braço e disse:
— Um instante, espere só um instante.

No momento seguinte, o chapéu-panamá caiu da cabeça do dono do píer. Ele foi empurrado para trás, com a mão aberta de Kerrigan cobrindo seu rosto. Ele tropeçou em uma tábua e caiu sentado com força no chão, onde ficou com a boca escancarada e olhando para Kerrigan.

Loretta não tinha se movido e estava sorrindo para Kerrigan.
— Não entendo por que você ficou tão nervoso. A única coisa que fiz foi tirar seu retrato – disse ela.

A voz dele estava baixa e calma, mas a atingiu com força.
— Você quer um suvenir. Para mostrar a seus amigos de Uptown. O retrato de um homem sem camisa, quase nu, como um bicho em exibição em uma jaula.

Ele tentou outra vez alcançar o porta-luvas. Loretta ficou ali sentada, calma. Não fez qualquer movimento para impedi-lo quando seu dedo alcançou o botão cromado. Apertou o botão e a tampa se abriu. Ele pegou a câmera e sua mão fechou-se em torno dela. Tirou-a dali e naquele instante sentiu a pressão de uma garra de ferro em seu braço, agarrando-o acima do cotovelo e fazendo-o piscar.

Ele virou a cabeça e viu o rosto de Ruttman.

– Calma, cara – murmurou o capataz. – Agora, calma.

– Me solta. – Ele tentou soltar o braço, mas Ruttman o manteve seguro.

O dono do píer, ainda sem chapéu, tinha se aproximado e estava dizendo para Ruttman:

– Jogue esse homem para fora das docas. Pague a ele e tire-o daqui.

– Sim, senhor – disse Ruttman. Ele respirou fundo, pareceu dar um suspiro.

– Tudo bem, parceiro. Vamos andando.

Kerrigan não se mexeu. Estava olhando para os rostos dos homens de chapéus-panamá. Estavam sorrindo para ele: agora se sentiam em segurança. Viram que um homem maior estava cuidando dele, um homem mais forte, que evidentemente era capaz de lidar com ele.

– Eu disse vamos andando. – A voz de Ruttman elevou-se.

Mas ele não ouviu. Estava olhando fixamente para os outros rostos, os rostos dos estivadores que tinham deixado os caixotes e se aproximavam para ver o que ia acontecer. Ruttman era o chefe indiscutível do píer 17, e houve vários valentões das docas que tentaram de tudo para provar o contrário, mas só conseguiram perder alguns dentes e ter seus narizes afundados e os queixos quebrados. Por todas as docas de Wharf Street a opinião era unânime: não valia a pena mexer com Ruttman.

Kerrigan olhou para o rosto de Ruttman e viu a força, a confiança silenciosa, viu um aviso que era quase amistoso. Os olhos de Ruttman pareciam dizer: "Não me obrigue a fazer isso, não quero mesmo machucar você".

Então, quando a cautela se misturou ao conhecimento racional de que ele nada tinha contra Ruttman, virou a cabeça, em um gesto de submissão. Naquele instante, viu que Loretta sorria para ele. Um sorriso de escárnio.

Ele deixou que a câmera caísse de seus dedos, e as costas de sua mão estalaram contra a boca dela.

Foi um golpe forte que mandou a cabeça dela girando para o lado. Mas ele não teve tempo de ver o estrago que tinha feito, porque Ruttman imediatamente o acertou.

Ruttman o socou com um direto de direita que pegou bem embaixo do olho. Ele caiu de braços abertos, os pés para o alto. Bateu em um caixote, quicou, quase caiu, mas conseguiu se equilibrar e se atirou sobre Ruttman, golpeando com os punhos.

Sua mão direita encontrou a cabeça de Ruttman, que levou mais um golpe na têmpora que o atordoou. Kerrigan se aproximou e lançou os dois punhos na linha da cintura. Ouviu Ruttman gemer e socou-o outra vez no mesmo lugar, fazendo com que Ruttman se dobrasse.

Ele caiu para a frente e tentou se apoiar em Kerrigan, que deu um passo para trás e mandou um gancho curto de esquerda contra o queixo de Ruttman, depois outra esquerda contra o lado da cabeça. Deu mais um passo para trás e soltou a direita, mas errou. Então levou um golpe terrível da direita de Ruttman. Foi um gancho muito rápido, que começou aberto e explodiu contra seu queixo, derrubando-o.

– Isso resolve as coisas – disse alguém.

Os olhos de Kerrigan estavam fechados e ele estava deitado de costas. Não sentia dor, apenas a vontade de ficar ali e continuar afundando na escuridão.

Mas então ouviu uma voz dizer:

– Acabou?

Abriu os olhos, olhou para cima e viu Ruttman. Sorriu e disse:

– Ainda não.

Ruttman deu um suspiro e, com relutância, deu um passo para trás, dando a ele uma chance de se levantar. Levantou-se devagar, agora sentindo a dor, a tonteira, e parecia que sua mandíbula estava aparafusada a seu crânio e uma chave apertava o parafuso.

Viu Ruttman se aproximar para estudá-lo, preparando a direita. Não havia satisfação nos olhos de Ruttman. Ele se aproximou, preparou com a esquerda e mandou a direita.

Kerrigan moveu a cabeça, escapou do punho enorme, defendeu uma esquerda que tentou acertar suas costelas, depois defendeu a direita que vinha novamente na direção de seu queixo, então esquivou-se de lado e escapou de outra direita. Ruttman grunhiu, atacou com as duas mãos e errou. Tentou novamente. Kerrigan se abaixou, recuou em ziguezague e se esquivou para longe de onde Ruttman queria que ficasse, e Ruttman errou outra vez.

A expressão de Ruttman tinha mudado. Agora seus olhos mostravam impaciência. Respirou fundo e atacou Kerrigan, colocando todas as suas forças em uma direita que zuniu na direção da cabeça. O punho acertou o vazio e mais nada. Ruttman perdeu o equilíbrio, tropeçou e caiu sobre um joelho.

Alguém riu.

Ruttman se levantou depressa. Atacou outra vez com uma esquerda forte. Kerrigan desviou do gancho, aproximou-se e mandou uma direita curta no estômago de Ruttman. Depois, lançou outra vez a direita contra as costelas. Ruttman baixou as mãos para proteger o corpo e Kerrigan deu um passo para trás, preparou e lançou um direto de direita contra o queixo.

Viu Ruttman cambalear para o lado, os braços grossos golpeando o ar. O capataz se esforçou para manter o equilíbrio e conseguiu ficar de pé. Movia-se sem firmeza, os olhos baços, então conseguiu se posicionar outra vez.

Kerrigan estava pronto. Golpeou com a esquerda uma, duas, três vezes. Acertou o nariz e a boca de Ruttman. Então deu outro golpe perverso com toda a força, seu punho girou ao acertar a sobrancelha de Ruttman. Viu um filete vermelho no supercílio de Ruttman, então lançou outra esquerda contra o mesmo lugar, abrindo ainda mais o corte.

Os portuários estavam em silêncio, olhando sem acreditar que Ruttman estava levando uma sova. Estavam vendo a derrota de um homem que eles acreditavam ser invencível. E não estavam gostando.

Kerrigan golpeou outra vez o olho machucado de Ruttman. Que soltou um gemido de dor e tentou se proteger. Kerrigan, com muita rapidez, mandou un gancho de esquerda na cabeça, outro no tronco, completou com uma direita e arrancou mais sangue e alguns dentes da boca de Ruttman.

Alguém gritou:
– Vamos lá, Ruttman. Força. Pega ele.
– Quebra ele!
– Arranca a cabeça dele!

Os gritos de encorajamento dos estivadores para Ruttman eram como um peso de que caía sobre o peito de Kerrigan. De repente ele se deu conta que estava brigando com um homem com quem não tinha o direito de brigar. Estava derrotando o sujeito e odiava a idéia.

Porque o adversário não era Ruttman. O verdadeiro inimigo estava ali sentado ao volante do carro estacionado, os cabelos dourados reluzentes, os olhos escarnecendo dele.

Era como se ela dissesse: "Você está com medo de mim".

Ele ouviu o ranger dos próprios dentes ao dar-se conta de que aquilo era verdade. Tinha a sensação de estar diante de uma cerca alta, alta demais para ser transposta. Os punhos de Ruttman vieram em sua direção, mas aquilo não importava, ele não ligava. Mal sentiu o soco que arrebentou sua cara. Não era mais uma luta, apenas uma comédia confusa, bagunçada e sem graça.

Algo acertou sua boca. Sentiu o gosto de sangue, mas não estava consciente do sabor ou da dor lancinante.

Um punho grande o acertou no lado da cabeça e o derrubou de costas. Viu Ruttman se aproximar para continuar, viu os braços dele se movimentarem como pistões. Mas não importava. Nem se deu o trabalho de erguer as mãos.

Sua cabeça foi jogada para o lado quando a mão direita de Ruttman o acertou no queixo. Ruttman o socou na barriga com uma esquerda curta e forte que o fez dobrar-se, então o endireitou com uma esquerda longa, depois outra direita no queixo, agora preparando-o, estudando-o, e então resolveu acabar com aquilo, mandando um trovão que se transformou num brilho, um raio cegante de luz que subiu de sua mandíbula até seu cérebro. Ele voou para trás, caiu de costas como se fosse uma tábua e rolou de cara no chão.

As pessoas que observavam a cena ficaram imóveis por vários momentos. Então alguns estivadores se aproximaram de Ruttman, que estava agachado sobre Kerrigan e murmurava:

– Ele apagou. Apagou completamente.

– Ele está respirando?

– Ele está bem – disse Ruttman.

Eles viraram Kerrigan de barriga para cima. Por alguns segundos, ficaram em silêncio, apenas olhando para o rosto dele.

Seus olhos estavam fechados, mas os homens não estavam olhando para os olhos. Estavam olhando para sua boca.

– Ele está sorrindo – disse um deles. – Olhe só esse maluco. Por que é que ele está rindo?

Kerrigan estava afundado na escuridão reconfortante, longe de tudo. Apesar disso, seu cérebro apagado ainda conversava com ele, sorrindo e dizendo com escárnio: "Você é mesmo um idiota".

Capítulo 8

Eles levantaram Kerrigan e o carregaram até o escritório do píer, onde o botaram em um sofá velho de couro na sala empoeirada nos fundos que era usada como enfermaria. Jogaram água em seu rosto e um pouco de uísque em sua garganta. Em poucos minutos, ele estava sentado e aceitou um cigarro de Ruttman. Depois de um trago profundo, deu um sorriso amistoso para o capataz das docas.

Ruttman devolveu o sorriso.

— Está doendo muito?

Kerrigan deu de ombros.

Os outros estivadores foram aos poucos deixando o escritório. Ruttman esperou que todos tivessem saído, então falou:

— Foi uma luta e tanto. Quase que você acaba comigo. Mas, de repente, parou. O que aconteceu?

Kerrigan deu de ombros outra vez.

— Fiquei sem gasolina.

— Não ficou, não. Você estava indo bem. — Ruttman apertou os olhos. — Vamos lá, me diga porque você desistiu.

— Perdi o interesse. Cansei daquilo.

Ruttman deu um suspiro.

— Acho que vou ter que fingir que acredito. — Então, decidiu tentar uma última vez. — Se você contar, talvez eu possa ajudar.

— Quem precisa de ajuda?

– Você – disse Ruttman. – Pra começar, está desempregado.

Kerrigan tentou demonstrar que não ligava, mas sentiu uma pontada de verdadeiro pânico ao pensar na condição financeira de sua família. Seu pagamento semanal era o único dinheiro que entrava em casa naqueles dias. Claro, Bella trabalhava três noites por semana no balcão de guardar chapéus e casacos de um clube, mas tinha o hábito de jogar, principalmente em cavalos, e sempre estava no vermelho. Então ele agora estava com cinco bocas para alimentar e sem emprego, e o quadro, sem sombra de dúvida, nada tinha de engraçado.

Fez um esforço para se animar.

– Esse não é o único píer do rio. Vou ver o Farraco lá no 19. Ele sempre está precisando de gente.

– Não – disse Ruttman. – Ele não vai contratar você. Ninguém vai contratar você.

– Por que não? – perguntou, mas já sabia a resposta.

– Você está queimado – disse Ruttman. – Todo mundo já sabe que você está na lista negra.

Kerrigan olhou para o chão sem carpete. Deu outro trago no cigarro, que teve um sabor amargo.

Ouviu Ruttman dizer:

– Eu gostaria de ajudar, mas você não colabora.

Ele continuou olhando para o chão.

– Pro inferno com isso.

Ruttman deu um longo suspiro.

– Acho que não adianta – disse em voz alta para si mesmo. Então, falou olhando para Kerrigan: – É melhor você ficar aqui e descansar um pouco. Quando você sair, seu pagamento vai estar pronto.

O capataz saiu da sala. Kerrigan ficou ali sentado na beira do sofá, sentindo a tonteira voltar outra vez, começando a sentir toda a dor provocada pelos punhos enormes que socaram suas costelas, seu estômago e seu rosto. Pôs, bem devagar, as pernas sobre o sofá e se deitou ali de costas. Fechou os olhos e disse a si mesmo para apagar por uma hora, mais ou menos.

Então ouviu um passo, o farfalhar de um vestido. Abriu os olhos e viu Loretta Channing em pé olhando para ele.

Ela estava ali, ao lado do sofá, as mãos segurando a câmera. Não a estava apontando, e ele viu que os dedos dela manipularam uma pequena alavanca, abriram a câmera e tiraram de lá um rolo pequeno de filme.

Seu rosto não tinha expressão e ela estendeu a mão para lhe entregar o filme.

Ele deu um sorriso estranho e sacudiu a cabeça.

– Pegue – disse ela.

– O que eu vou fazer com isso?

– O que quiser. Você disse que queria enfiar pela minha garganta.

Ele continuou rindo.

– Eu disse mesmo isso?

Ela balançou a cabeça. Então deu um passo para trás e o estudou. Suas sobrancelhas estavam um pouco levantadas, como se ela estivesse vendo algo que não esperava ver. Ele sabia que ela esperava que explodisse outra vez, cheio de amargura. Esperava outra exibição de raiva descontrolada.

Ele baixou as pernas sobre a lateral do sofá, então se encostou, relaxado e confortável. Observou-a atravessar a sala e jogar o rolo de filme em uma cesta de lixo. Então se virou, olhou para ele e esperou que dissesse algo.

Ele viu o machucado em seu lábio e estremeceu.

– Desculpe por ter batido em você – disse. Então, sentindo que devia dizer mais, acrescentou: – Não queria fazer isso. Só perdi a cabeça por um instante. – Ele se levantou, foi até a janela que dava para o rio alagado pelo sol. Sua voz estava muito baixa, pouco mais que um sussurro rouco. – Eu realmente sinto muito.

Por alguns momentos, os dois ficaram em silêncio. Então ele a ouviu dizer:

– Por favor, não precisa se desculpar. Foi bom você ter feito isso.

Ele se virou e olhou para ela.

– É – disse ela. – Eu sei que merecia. Eu não devia ter vindo aqui no píer, e sem dúvida não tinha direito de tirar uma foto sua.

– Por que você fez isso?

Ela abriu a boca e ia responder, mas mudou de idéia e seus lábios se fecharam bem apertados. Ele viu seu rosto ruborizar-se. Ela piscou algumas vezes, então olhou além dele e disse:

– Fossem quais fossem minhas razões, não tenho desculpa, e estou morrendo de vergonha. – Com esforço, olhou direto no rosto dele. – Espero que me perdoe.

Por alguma razão estranha, ele foi incapaz de olhar em seus olhos. Ele olhou para o chão e engoliu em seco.

– Tudo bem – disse ele rispidamente. – Vamos esquecer isso.

– Não posso. Quero que você saiba como eu me sinto mal em relação a isso. Causei muitos problemas a você. Você levou uma surra e tanto lá nas docas. E agora me disseram que você foi despedido.

Ele esfregou a nuca.

– Bem, as coisas funcionam assim. Eu estava atrás de encrenca, e eles me arranjaram.

– Mas é tudo culpa minha – disse ela. Então, prosseguiu com um tom de voz mais baixo. – Você não vai me deixar tentar compensar você?

Ele olhou para ela.

– Como?

– Conheço um dos donos do píer. Vou dizer a ele que não foi culpa sua. Talvez deixe você continuar trabalhando aqui.

Os olhos dele se endureceram e ele sentiu a raiva gelada chegando. Mas enquanto estava ali parado, olhando para ela, seu olhar aos poucos se apertou e seus pensamentos ficaram mais razoáveis. Ele estava pensando: "Pelo amor de Deus, fique calmo, não vá perder a cabeça outra vez".

– Tudo o que você precisa é dizer. Eu consigo uma entrevista para você na hora – disse ela.

Ele conseguiu dizer tranqüilamente:

– Você acha mesmo que vai funcionar?

– Tenho certeza que sim.

– Bem – disse ele. – Aconteça o que acontecer, é muito legal de sua parte tentar.

– Não é nada. – O tom da voz dela estava equilibrado. – Só estou fazendo o que acho justo. Tudo isso foi culpa minha e você não deve sofrer por causa disso.

Ele não respondeu. Tinha uma sensação relaxada, uma consciência de que tudo estava acontecendo como deveria acontecer. De certa forma, era como se os dois estivessem se vendo pela primeira vez.

O sorriso dele estava agradável.

– Se conseguir meu emprego de volta, vai tirar um peso das minhas costas. Vai me fazer um favor enorme.

Ela se aproximara de uma mesa perto da janela. Botou a câmera sobre a mesa, virou-se um pouco e olhou para fora por alguns instantes em que não respondeu. Então, falou baixinho:

– Talvez você tenha a oportunidade de fazer algo parecido por mim.

Ele não viu qualquer significado especial no que ela disse e falou com delicadeza:

– Espero que sim. Seria um prazer.

– Bem – disse ela enquanto se encaminhava para a porta –, provavelmente não vamos nos ver de novo.

– Acho que não.

Por um longo momento ela ficou parada sob o umbral, olhando para ele. Seus olhos estavam intensos e ela parecia querer lhe dizer algo que não conseguia exprimir em palavras.

Então, muito devagar, ela virou-se e saiu da sala.

Kerrigan foi até o sofá de couro. Sentiu o peso de um cansaço que o derrubava, e aquilo nada tinha a ver com a surra que levara de Ruttman. Nem se devia ao fato de que ele dormira menos de três horas na noite anterior. Quando se acomodou no sofá, percebeu o esforço que fizera para controlar a raiva e discutir o assunto com calma. Parecia a ele que nunca trabalhara tão duro na vida...

Durante horas ele dormiu profundamente, sem se incomodar com as vozes dos estivadores no cais, o clangor das correntes, o barulho surdo dos caixotes batendo nas tábuas do piso. Poucos minutos depois das cinco horas, foi acordado por uma mão que sacudia seu ombro. Olhou para cima e viu o rosto sorridente de Ruttman.

– O escritório central ligou – disse Ruttman. – Você foi readmitido no emprego.

Kerrigan sentou-se devagar. Esfregava os olhos para despertar do sono.

Ouviu a voz de Ruttman por entre uma névoa.

– Não consigo entender o que aconteceu. Foi o patrão em pessoa que deu o telefonema.

Kerrigan não falou nada.

Ruttman estava olhando para ele, à espera de uma explicação, mas sem conseguir nenhuma. O capataz virou-se e dirigiu-se para a porta. Mas, de repente, girou e olhou fixamente para a mesa perto da janela.

Kerrigan retesou-se ao ver o que Ruttman estava olhando. Era a câmera.

– E então – expirou Ruttman. – Ela deu de presente pra você?

Kerrigan sacudiu lentamente a cabeça, surpreso.

– Não sabia que ela tinha deixado isso aqui.

Então a sala ficou em silêncio enquanto Ruttman caminhava devagar até a mesa e pegava a câmera. Olhou para ela e murmurou:

– Isso não é uma coisa comum. Deve valer umas cinqüenta pratas. Não é o tipo de coisa que você esquece por aí.

Os lábios de Kerrigan se estreitaram.

– O que você está querendo dizer com isso?

Ruttman sopesou a câmera na mão. Levou-a até o sofá e a largou no colo de Kerrigan.

– Isso aqui é como um jogo de damas – disse ele. – É a sua vez de jogar, agora. Você descobre onde ela mora e vai até lá devolver. Por isso ela deixou a câmera aqui.

A raiva surgia outra vez e ele tentou segurá-la, mas ela flamejou em seus olhos.

– Pro inferno com ela – murmurou. – Eu não sou um departamento de achados e perdidos.

– Você tem que devolver isso a ela. Pense bem e vai ver o que estou querendo dizer. Se não fosse por ela, você estaria desempregado. Fazer isso, agora, é sua obrigação.

Ruttman se virou, atravessou a sala e saiu. Kerrigan ficou ali sentado na beira do sofá, segurando a câmera. Parecia um pedaço de metal em brasa, que queimava a pele da palma de suas mãos.

Capítulo 9

Ele caminhou devagar pelo cais até chegar na Vernon Street, e então seguiu para oeste na direção de casa. A água lodosa na sarjeta estava iluminada com o fogo rosa do sol do entardecer. Olhou para cima e o viu bem grande e vermelho lá em cima, as chamas brotando da esfera flamejante, misturando-se com as nuvens laranja, fazendo com que o céu ficasse parecido com uma opala enorme, as cores brilhantes flutuando e se misturando. Era mesmo muito bonito de se ver. Ele pensou: "Que beleza". E se perguntou se alguma outra pessoa estava olhando para o céu naquele momento e pensando a mesma coisa.

Mas quando seu olhar retornou para a rua, ele viu as crianças de cara suja brincando na sarjeta, um bêbado estirado na soleira de uma porta e três negros de meia-idade sentados na calçada bebendo vinho de uma garrafa enrolada em um jornal velho.

Sob a glória encarnada do sol do entardecer e a vasta magnificência de um céu de opala, os cidadãos da Vernon Street não tinham idéia do que acontecia lá em cima. Não se davam o trabalho de olhar para cima e ver. Tudo o que sabiam era que o sol ainda estava alto e seria uma noite quente como o inferno. Algumas pessoas mais velhas já estavam saindo dos barracos e cortiços para sentar nas soleiras com ventarolas de papel e jarros d'água. As famílias que tinham sorte o suficiente para ter gelo em casa colocavam grandes pedaços na boca para tentar debelar o calor. E poucos deles, apenas uns poucos, davam moedas aos seus filhos para comprar picolés. As crianças gritavam de alegria, mas o som alegre que faziam era engolido pelo barulho maior, o ruído constante que soava como um grande gemido e um suspiro, o barulho que vinha das gargantas da Vernon, mas parecia vir da própria rua. Era como se a rua tivesse pulmões e os únicos sons que pudesse fazer fossem o gemido e o suspiro, a aceitação abatida de seu lugar de quarta categoria no mundo. Lá em cima havia um céu maravilhoso, as cores fabulosas na órbita do sol, mas simplesmente não fazia sentido olhar para cima e ter belos pensamentos, esperanças e sonhos.

Kerrigan percebeu isso como uma pancada repentina de um martelo, que o jogava no chão duro onde as coisas sempre são reais. Olhou para o couro rasgado de suas calças de trabalho e para a carne calejada de suas mãos e pensou: "É melhor ficar esperto e esquecer as nuvens".

Sua boca retesou-se. A mão dirigiu-se para o bolso das calças onde estava a câmera. Ele se perguntou o que ia fazer com ela.

"Tudo bem", pensou, "não tem problema. Tudo o que preciso fazer é descobrir onde ela mora e mandar por correio."

Mas ele podia visualizar o rosto dela abrindo o pacote e vendo a câmera. Podia ver seus lábios curvados em desprezo e quase escutá-la dizer a si mesma: "Ele está com medo de vir aqui e tocar a campainha".

Ele se perguntou o que aconteceria se fosse até a rua em Uptown onde ela morava e realmente tocasse a campainha. "Droga", pensou, "de que eu estou com medo? Ninguém vai morder você. Mas, droga, você ia ficar deslocado lá".

Talvez ficasse tudo bem se ele parecesse decente, se ele estivesse barbeado, de banho tomado e vestido de maneira apropriada. De qualquer jeito, precisava de um banho, um banho não ia cair mal. Também não ia doer vestir as roupas de domingo. Não havia lei que dissesse que só era permitido usá-las aos domingos.

Talvez corresse tudo bem e aquela gente de Uptown não lhe desse qualquer problema. Talvez nem percebessem que ele era diferente, que não pertencia àquele lugar.

Mas não. Logo o teriam avaliado. Eles o veriam pelo que era. Talvez tentassem ser educados e nada dissessem, mas ele saberia o que estavam pensando. Estaria claro em seus olhos, não importaria o quanto tentassem esconder.

"O certo a fazer", disse a si mesmo, "é pegar aquela droga de câmera e jogá-la na sarjeta ou qualquer outro lugar. Simplesmente se livrar dela."

E outra vez foi apunhalado pelo pensamento de que não tinha coragem para encarar a situação. Estava com medo, só isso.

Desceu a Vernon Street se perguntando o que fazer com a câmera.

Quando chegou em casa, abriu a porta da frente e entrou na sala. Olhou para o sofá onde Tom roncava alto com uma garrafa de cerveja pela metade na mão, o retrato da satisfação absoluta.

O único som na sala era o barulho que vinha da cozinha, o bater de pratos, as vozes altas de Lola e Bella. No início, não prestou atenção ao que elas diziam, e seus pensamentos brincaram despreocupados com a idéia de que devia ir até lá para arranjar algo para jantar. Ele se perguntou se haveria algo ainda quente no forno.

Ele começou a atravessar a sala, encaminhou-se para a cozinha e, então, ouviu a voz de Bella:

– Espere só até eu ver aquele pilantra. Espere para ver o que vai acontecer quando eu botar as mãos nele.

– Deixe ele em paz – gritou Lola para a filha. – Se sabe o que é bom para você, não crie confusão.

– Já está criada – vociferou Bella. – Será que eu pareço idiota? Você acha que vou deixar que ele me enrole e me faça de trouxa? Eu avisei a ele o que aconteceria se aprontasse. Vou mostrar àquele vadio que estava falando sério.

– Nesta casa você não vai, não – gritou Lola.

– Pro inferno que não – rosnou Bella. – E não é você que vai me impedir.

Houve o som de uma mão estalando contra um rosto. Ele ouviu Bella gritar. Então outro estalo, e Bella gritou novamente.

Ele ouviu a voz de Lola:

– Se me responder assim outra vez, vou bater com tanta força que você vai atravessar a parede.

Então a cozinha ficou em silêncio. Kerrigan resolveu esperar só um pouco mais para jantar, e talvez Bella tivesse se acalmado quando ele estivesse pronto para comer.

Ele desceu o corredor, entrou em seu quarto e tirou a roupa. Em seguida foi até o banheiro, encheu a banheira, entrou e ensaboou o corpo. De volta ao quarto, vestiu uma camisa limpa, cueca samba-canção e meias. Então abriu o armário e tirou do cabide um terno cinza de lã penteada. Era seu terno de domingo, o único que ele tinha, e precisava ser passado, costurado em alguns lugares, e faltava um dos botões. Parado diante do espelho, enquanto ajeitava a lapela e tentava esticar o tecido para se livrar dos amassados, desejou ter um terno melhor para vestir. E enquanto o pensamento passava por sua mente, guardou devagar a câmera no bolso do paletó.

Ele pôs uma gravata no colarinho, fez três vezes o laço antes de ficar satisfeito, então se inclinou para perto do espelho e deu as últimas ajeitadinhas com a mão no cabelo molhado e penteado. Em seguida, afastou-se do espelho, estudou-se por vários ângulos e franziu o cenho ao avaliar o conjunto, então deu de ombros e resolveu que teria de servir.

Ao entrar na cozinha, viu Lola arrumando os pratos em uma prateleira. Bella estava na pia com um pano de prato nas mãos. Quando o viu, sua expressão se fechou, seu rosto ruborizou-se e os olhos se encolerizaram. Ela respirou fundo e ia abrir a boca para dizer alguma coisa, mas viu que sua mãe a observava do outro lado. Ela respirou fundo outra vez, fechou bem a boca e os olhos, fazendo um esforço terrível para se controlar.

Lola sorriu para Kerrigan e disse:

– Quer comer alguma coisa?

Ele balançou a cabeça e sentou-se à mesa toda lascada, que tinha várias caixas de fósforo de papel vazias sob uma das pernas para mantê-la equilibrada. Bella tinha virado de volta para a pia como se não soubesse que ele estava ali. Mas ele podia ouvir a respiração pesada dela e sabia que não estava sendo fácil segurar a raiva que lutava para escapar.

Lola pegou uma colher grande e caminhou majestosamente até o fogão. Era uma excelente cozinheira. Tinha orgulho disso e sempre ficava ansiosa para prová-lo. Inclinou-se sobre o fogão, estudou o conteúdo de uma panela enorme e duas outras menores e murmurou:

– Vai demorar só um minutinho para esquentar.

– Não tem pressa – disse Kerrigan. Ele acendeu um cigarro e se encostou.

Lola estava mexendo nas panelas com a colher.

Levava a colher à boca para provar o sabor daquele ensopado de carne, do arroz e da abóbora.

– Precisa de pimenta – murmurou Lola. Ela olhou para Bella e disse: – Me passa a pimenta.

– Manda ele pegar. – Bella pronunciou essas palavras muito claramente.

– Eu mandei você pegar – disse Lola.

Bella inspirou ar por entre os dentes. Afastou-se da pia, abriu o armário da cozinha e pegou o vidro de pimenta. Levou-o até a mesa e o botou sobre ela com força em frente a Kerrigan.

– Aí não – disse Lola. – Falei para você trazer aqui. Para mim. E traga essa sua cara aqui para eu poder acertar ela de novo.

Bella engoliu em seco. Estava com medo de se mexer. Kerrigan pegou o vidro de pimenta e o deu a Lola, que o pegou sem olhar. Lola deu um sorriso leve mas perigoso para a filha.

– Você vai ver só – disse Lola. – Estou vendo que você está querendo. Esta noite você vai ver só. Como nunca viu antes. Estou dizendo a você, garota, você tem um gênio horrível e eu vou arrancar isso de você, nem que eu precise quebrar todos os ossos de seu corpo.

Os lábios de Bella estavam tremendo. Ela partiu na direção da porta para ir embora da cozinha. Lola pegou-a pelo braço, puxou-a para longe da porta e empurrou-a de volta para a pia.

– Você ainda não acabou isso aqui – disse Lola. – Ainda faltam as facas e os garfos. E quando ele acabar de comer, tem que lavar o prato dele também.

Bela parecia estar ficando sem ar.

– Eu, lavar o prato dele? Eu ainda tenho que limpar a sujeira dele?

– Você me ouviu – disse Lola.

Kerrigan, embaraçado, contorceu-se na cadeira.

– Eu posso lavar meu prato.

– Eu disse que ela é quem vai lavar – disse Lola em voz alta e firme.

Kerrigan deu de ombros. Sabia que não adiantava discutir com Lola.

Ela encheu o prato dele com a carne, o arroz e a abóbora. Botou seis fatias de pão no prato, serviu café em uma xícara grossa, então se afastou da mesa e o observou atacar a refeição.

Kerrigan comeu devagar, mastigando bem, saboreando cada bocado. Enquanto estava ali sentado desfrutando a refeição, a cozinha ficou em silêncio, exceto pelo ruído ocupado de sua faca e seu garfo no prato. Ele se esqueceu completamente da presença de Bella, cujos olhos se alternavam entre brilhos enfurecidos para ele e olhares cautelosos para a mãe.

Ele esvaziou o prato e Lola disse:

– Quer mais?

Ele balançou a cabeça afirmativamente enquanto empurrava um pedaço de pão na boca.

Lola olhou para Bella e disse:

– Não fique aí parada. Pegue o prato dele.

Bella engoliu em seco. Sua voz falhou um pouco quando ela lançou um olhar de apelo para a mãe e disse:

– Como se já não fosse ruim o suficiente lavar o prato dele, agora você quer que eu sirva a comida dele, como se fosse uma empregada.

Os olhos de Lola suavizaram-se um pouco. Ela sacudiu a cabeça devagar.

– Não – murmurou. – Como empregada, não. Afinal, você é a mulher dele, não é?

Kerrigan teve um sobressalto. Ergueu os olhos e estudou o rosto de Lola. Imediatamente entendeu o que estava na cabeça dela. Em seu jeito grosseiro, estava dizendo para a filha: se você quer que ele seja seu marido, vou mostrar a você como conseguir.

Ele se mexeu na cadeira, desconfortável. Tinha uma estranha sensação de que as paredes estavam se fechando sobre ele. Ficou com uma vontade louca de sair da casa. Até agora não lhe ocorrera que Lola o queria para genro. Mas percebeu como Lola balançava a cabeça em aprovação, percebeu que havia um plano em andamento, e por um momento de pânico ele se viu casado com Bella.

Mas então, quando a comida fumegante foi colocada à sua frente e ele viu a maciez gostosa da pele de Bella, disse a si mesmo: "Por que não?".

Ele observou quando ela se afastou da mesa e viu como seus quadris se moviam. Viu aquele corpo, o rosto... Só precisava comprar um anel para ela e ficaria com aquilo tudo.

Outra coisa. Ele logo faria trinta e cinco anos, estava na hora de casar. Que diabos ele estava esperando?

Ele se viu colocando o anel no dedo de Bella. Teve a sensação de que aquilo resolveria várias questões que nublavam seu cérebro e giravam lá dentro, um rodamoinho indefinido de questões que não conseguia resolver. Desde a noite passada estava andando de um lado para o outro em meio a um nevoeiro, fazendo coisas que não queria fazer, seguindo sem rumo certo e se perguntando o que, em nome de Deus, estava acontecendo. As coisas estavam acontecendo rápido demais, deixavam-no tonto, faziam-no flutuar acima do chão. Mas havia um jeito rápido de resolver aquilo tudo.

Não seria problema encontrar alguém que fizesse uma cerimônia rápida. Na Third Street, perto da Vernon, um velhinho grego era capaz, legalmente, de amarrar os dois em questão de segundos. O filho do grego trabalhava na prefeitura, na divisão de casamentos, e não tinha qualquer problema em roubar certidões. Pai e filho eram muito populares nas vizinhanças, pois quando os homens da Vernon queriam legalizar suas situações, não gostavam de esperar.

Uma voz interrompeu seus pensamentos. Ouviu Bella dizer:

– Mais café?

Ele ergueu os olhos. Ela estava ao lado do fogão. Ele olhou em torno, mas Lola não estava mais ali, e se perguntou quando teria deixado a cozinha. Então olhou para o prato, viu que estava vazio e não se lembrava de ter terminado a segunda porção.

– Acorda – disse Bella, e ele soube que ela estivera observando-o por algum tempo. – Perguntei se quer mais café.

Ele balançou a cabeça de modo afirmativo. Mas não pelo café. Era apenas para dar uma resposta.

Bella levou a cafeteira até a mesa e serviu café na xícara dele. Serviu uma xícara para si mesma e sentou à mesa de frente para ele. Então, botou cigarros sobre a mesa e perguntou se ele queria um. Ele balançou a cabeça outra vez, olhando para ela com atenção, tentando fazer contato. Quando se inclinou para frente para se aproximar do fósforo que ela oferecia, se perguntou o que diabos estava errado ali. Tinha a sensação inequívoca de que não estava ali na cozinha com Bella, estava em outro lugar.

– O que foi? – disse Bella. – Qual o problema com você?

– Nada. – Ele deu de ombros. – Tive um dia difícil.

– Dá para se ver – murmurou ela. – Quem acertou você?

– Aconteceu lá nas docas. Não durou muito.
– Eles carregaram o sujeito?
– Não – disse ele. – Eles me carregaram.
Ela o olhou de soslaio.
– Como assim? Você perdeu sua pegada?

Ele ficou em silêncio. Bebeu o café, deu grandes tragos no cigarro e tentou não olhar para ela. Mas ele estava focado em seu rosto. Via um desfile de perguntas que saíam de seus olhos. Comparou o atual estado de espírito dela com a raiva explosiva de alguns minutos atrás e percebeu que ela tinha se acalmado muito, quase chegando ao ponto da passividade. Nunca a havia visto assim, e aquilo o deixou desconfortável. Sentiu um aperto na garganta e sacudiu a cabeça de um lado para o outro para tentar afrouxar o colarinho.

– Desabotoe – disse ela.
– Está tudo bem.
– Você não está com calor? Por que não tira o paletó?
– Quero ficar com ele – falou ele um pouco mais alto. – Você não se incomoda, não é?

Ele estava torcendo para que ela o xingasse ou dissesse algo que desse início à gritaria, o meio de comunicação normal entre eles.

Mas tudo o que ela disse foi:
– Claro que não me incomodo. Só queria que você ficasse à vontade.
– Tudo bem, estou à vontade. Satisfeita?

Ela não respondeu. Por alguns momentos, ficou só ali sentada olhando para ele. Então, com uma voz estranhamente baixa, disse:
– Queria saber por que você está todo arrumado.

Ele abriu a boca para dar uma resposta a ela. A boca ficou aberta, mas não emitiu qualquer som.

Bella se inclinou para a frente, os cotovelos sobre a mesa.

– Vamos lá, me conte. Você bem que podia me contar quem é ela. Eu já vi quem é.

Ele piscou algumas vezes.

– Ontem à noite – disse Bella – eu estava na cama, esperando você. Como você demorou, levantei para ver o que estava fazendo. Fui até a sala e dei uma olhada pela janela da frente. Vi você falando com ela. Então os dois entraram no carro e foram embora.

Ele conseguiu não olhar para ela.

– Não era o que você está pensando.

O rosto dela não tinha qualquer expressão.

– Eu não contei o que eu estou pensando. Estou esperando para ouvir quais são os seus planos.

– Que planos?

Os olhos de bela o perfuravam como brocas.

– Você e ela.

– Pelo amor de Deus! – gritou ele, e se levantou da mesa em um pulo. – O que você está inventando? Aquela mulher não significa nada para mim. Eu mal a conheço!

Ele botou as mãos nos bolsos das calças e ficou andando de um lado para o outro perto da mesa.

– Outra coisa – disse Bella. – Você não voltou para casa ontem à noite. Fiquei acordada esperando você. Aonde você foi? Onde você dormiu?

O chão parecia estar se movendo sob os pés dele, que desejou que continuasse a se mover e o levasse para longe de todas aquelas questões com as quais não podia lidar. Mas o chão o manteve perto da mesa, manteve-o na linha, segurou-o ali como um alvo em movimento lento enquanto o atirador fazia a mira.

Então Bella atirou.

– Quem quer que seja ela, está fazendo alguma coisa com você. Está com você na palma da mão.

Foi como se ele tivesse levado um golpe com um pé-de-cabra no meio dos olhos. Recuou para longe da mesa olhando fixamente para Bella.

– De onde você tirou essa idéia maluca?

– É fácil. Está escrito na sua cara.

Ele respirou fundo algumas vezes. Mas aquilo não ajudou. Virou de costas para a mesa, cruzou os braços, olhou para o chão e ouviu Bella falar:

– Está vendo o que estou falando? Está na cara. Você não consegue nem me olhar nos olhos.

Na hora desejou ser um daqueles caras de papo macio, os artistas da vigarice que sabiam lidar com aquele tipo de coisa e escapar sem qualquer problema. Mas então virou-se de repente e a encarou. Ele estava com um olhar raivoso e sua voz estava rude:

– Escute aqui – disse ele. – Vou dizer uma vez só, ouviu bem? Não está acontecendo nada entre eu e aquela mulher. Ela é uma dessas dondocas de Uptown. Vem até aqui para brincar e se divertir um pouco. Tudo o que fiz foi dispensá-la e mandá-la embora.

O rosto de Bella estava impassível. Então, aos poucos, um sorriso deu um jeito de aparecer em seus lábios, um sorriso de quem compreendia, e fez com que seus olhos se apertassem ao murmurar:

– Ela deixou você confuso. Você está zonzo. Gosta mesmo dela?

– Claro – resmungou ele. – Como um peixe gosta de terra firme. Você não sabe de que diabos está falando.

– Não sei? – Bella levantou-se devagar da mesa. Olhou para ele de cima a baixo, sorriu e disse: – Isso me faz rir. É mesmo muito engraçado.

Ele retesou-se.

– O que tem de engraçado?

O sorriso dela era puro desdém.

– Você – disse ela. – Você é o comediante. E essa roupa que você está vestindo mostra isso. Vai fazer uma visita social em Uptown? – Ela começou a rir dele.

– Pare com isso – disse ele.

Ela continuou a rir.

Ele ficou rígido, com os punhos cerrados, e falou entre dentes:

– Pare com isso, desgraçada.

– Não consigo. – Ela ria com as mãos de um jeito que pareciam segurar suas costelas para não quebrar. Sua risada chegou ao tom de gritos.

Kerrigan foi na direção dela, os olhos em chamas, os dentes rangendo. Mas, de repente, parou e olhou além de Bella. Viu algo que o fez retesar-se. Seus olhos bateram em um espelhinho na parede e ele viu seu cabelo cuidadosamente penteado e o terno de domingo.

O riso de escárnio o atingiu como agulhas quentes enfiadas em seu cérebro. Mas ele ouviu aquilo. A zombaria não vinha de Bella. Ele disse a si mesmo que vinha do espelho.

Virou-se e saiu correndo da cozinha. O riso o perseguiu pelo corredor, pela sala e continuou a apunhalá-lo quando ele abriu a porta da frente e saiu da casa.

Capítulo 10

Ele caminhou sem rumo pela Vernon. Atravessou a rua várias vezes sem qualquer motivo. Na Wharf Street, fez a volta e voltou toda a Vernon até a 11th, então caminhou as onze quadras de volta até a Wharf, e fez a volta novamente. Não tinha idéia de quanto tinha andado, há quantas horas estava fazendo aquilo. A única sensação clara que tinha era o peso da câmera no bolso de seu paletó.

O céu agora estava escuro. Ele continuou a andar para cima e para baixo da Vernon Street e, finalmente, parou em frente a uma vitrine e viu um relógio que marcava 11h40. Franziu as sobrancelhas ao olhar para o relógio e se perguntou que diabos ia fazer com a câmera.

Deixou a vitrine e voltou a andar pela Vernon. Os cidadãos abatidos pelo calor estavam agrupados diante das soleiras das portas, a transpiração reluzindo em seus rostos. Quando Kerrigan passou, ficaram olhando para ele surpresos com o colarinho abotoado, a gravata, as calças e o paletó de lã. Todos sacudiram a cabeça.

Mas apesar de não estar pensando naquilo, o calor grudento penetrava em seu corpo e ele caminhava com cada vez mais dificuldade. A boca e a garganta estavam ansiosas por uma bebida gelada. Ele viu a luz na janela do Dugan's Den e então lhe ocorreu que umas cervejas cairiam bem.

Ao entrar no bar, ouviu a música esganiçada que Dugan cantarolava desafinado. Havia três fregueses no bar, duas bruxas velhas com ruge demais no rosto e um bêbado corcunda encurvado sobre um copo de vinho. As velhas estavam olhando para Dugan, que estava com os braços cruzados, os olhos semicerrados e concentrado na música que saía de seus lábios.

Uma das bruxas inclinou-se na direção de Dugan e gritou:

– Pára com esse barulho. Não agüento esse barulho.

Dugan continuou a cantarolar.

– Você não vai calar a boca? – berrou a bruxa.

– Ele não vai calar a boca – disse a outra. – A única maneira de fazer ele ficar quieto é dar um tiro nele.

– Um dia desses vou fazer isso mesmo – disse a primeira. – Vou entrar aqui com um revólver e, Deus me livre, vou meter uma bala na garganta dele.

Kerrigan estava no bar. Chamou a atenção de Dugan e disse que queria uma cerveja. Dugan encheu um copo e o levou até ele. Bebeu rápido e pediu mais uma. Olhou para o relógio acima do bar e os ponteiros marcavam 00h10. A câmera estava pesando muito no bolso do seu paletó.

A primeira coroa apontou para Kerrigan e disse:

– Olha para aquele maldito idiota. Olha como ele está todo embecado.

– Em um terno de lã – disse a outra velha.

– Talvez ele ache que é inverno – disse a primeira mulher. Ela era baixinha e disforme e tinha tingido o cabelo de laranja.

A outra velha começou a rir. O som parecia o ranger de duas peças de metal enferrujado uma contra a outra. Seu pescoço estava enfeitado com várias cicatrizes de faca e no rosto havia uma cicatriz horrível que ia do olho direito até a boca. Tinha estatura mediana e pesava cerca de quarenta quilos. Apontando o dedo ossudo para Kerrigan, ela zombou:

– Está tentando se sufocar? É isso o que quer fazer? Quer ficar sufocado?

– Ele não está nem ouvindo você – disse a coroa disforme. – Está todo arrumado para ir a algum lugar e nem está ouvindo você.

– Ei, otário – berrou a mulher com as cicatrizes. – Está indo pra uma festa? Leva a gente com você.

– É. A gente também está toda arrumada.

Kerrigan olhou para elas. Viu os trapos que vestiam, o couro rachado e os saltos quebrados dos sapatos. Então ele olhou para seus rostos e as reconheceu. A mulher sem forma com cabelo laranja se chamava Frieda e morava em um barraco a poucas portas da casa de Kerrigan. A mulher com as cicatrizes era a viúva de um escavador de poços chamada Dora. As duas mulheres tinham quarenta e poucos anos e ele as conhecia desde menino.

– Oi, Frieda – disse ele. – Oi, Dora.

Elas se retesaram e olharam fixamente para ele.

– Vocês não me conhecem?

Sem se mover de seus lugares no outro lado do balcão, as duas se inclinaram para a frente para vê-lo melhor.

– Eu sei quem ele é – disse Frieda. – É um cana, um federal.

Dora inclinou a cabeça e olhou para Kerrigan de cima a baixo e então balançou a cabeça devagar.

– A droga de um federal – disse Frieda. – Eu sinto o cheiro deles a quilômetros de distância.

– O que ele quer com a gente? – A voz de Dora estava desconfiada.

– Eu conheço esses federais – declarou Frieda em voz alta. – Eles não têm nada contra mim. Ei, você! –

gritou ela para Kerrigan. — Seja lá o que você tem na cabeça, é melhor esquecer. Não somos contrabandistas de bebida nem estamos vendendo drogas. Somos honestas, mulheres trabalhadoras que vão à igreja e pagam seus impostos.

— E outra coisa — interrompeu Dora. — Não somos vigaristas.

— Somos cidadãs decentes — declarou Frieda. Sua voz tornou-se uma rajada estridente. — Deixe a gente em paz, está ouvindo?

Kerrigan deu um suspiro e voltou à sua cerveja. Sabia que não adiantava tentar provar sua identidade. Sabia que Frieda e Dora estavam misturando seu medo da lei com um certo prazer, uma sensação de importância. Elas visualizaram o governo dos Estados Unidos enviando um agente para lidar com duas rainhas do vício. Mas elas iam mostrar a ele. Iam frustrá-lo em tudo o que tentasse fazer.

Ele chamou Dugan e disse que estava pagando uma rodada para as damas. Elas pediram doses duplas de gim e não se deram o trabalho de agradecer, porque tinham pressa em beber tudo. E quando terminaram, tinham esquecido completamente dele. Olhavam para os copos vazios e tentavam se afogar no vazio.

Enquanto Dugan cantarolava a canção esganiçada, Kerrigan curvou-se sobre o balcão sem escutar. Estava olhando para o copo meio vazio de cerveja e sentindo o peso da câmera em seu bolso.

Então a porta se abriu e uma pessoa entrou no bar. As mulheres olharam para o recém-chegado, que sorriu uma saudação amigável e silenciosa e foi na direção da mesa do outro lado do salão. As coroas fizeram comentários silenciosos quando viram o rosto muito bem esculpido de Newton Channing. Ele estava usando uma camisa branca limpa e um terno leve de verão recém-passado. Ao sentar à mesa, acendeu um cigarro com um isqueiro verde, esmaltado, que lançou um facho de um verde pálido sobre seus traços finos e sensíveis e deu uma coloração esverdeada a seus cabelos tingidos de amarelo.

As duas velhas continuaram olhando para Newton Channing, os olhos refletindo uma mistura de curiosidade e uma inveja fútil e absurda.

Kerrigan tinha erguido a cabeça e estava encarando o espelho atrás do bar. Olhava para a fumaça que subia lânguida do cigarro na boca de Channing. Sua mão se moveu devagar pelo lado do paletó até ele alcançar o bolso onde estava a câmera.

Esperou até que Dugan servisse um copo grande de uísque para Channing, então atravessou o bar e foi até a mesa dele. Tirou a câmera do bolso e a botou sobre a mesa.

– O que é isso? – perguntou Channing, desinteressado.

– É da sua irmã.

– Onde você conseguiu?

– Ela deixou comigo.

Channing franziu levemente o cenho. Pegou a câmera, girou-a em suas mãos, aproximou-a dos olhos e a examinou com cuidado. Então pousou-a na mesa e virou a cabeça devagar para olhar Kerrigan.

– Você não é o cara que conheci ontem à noite? – disse ele.

Kerrigan balançou a cabeça.

– Você me pagou uma cerveja e a gente conversou um pouco.

– É, eu me lembro. – Channing voltou sua atenção para a câmera. – O que está acontecendo aqui?

Kerrigan riu.

— Qual é a graça? — perguntou Channing. Sua voz estava muito calma.

Kerrigan foi até o outro lado da mesa e sentou. Channing afastara o copo de uísque para o lado e estava inclinado para a frente, intrigado, o cenho franzido, os olhos ainda na câmera.

Kerrigan tamborilou na mesa com os dedos e disse:

— É melhor você ter uma conversa com sua irmã. Diga que, desta vez, ela deu muita sorte. Talvez não tenha tanta sorte assim da próxima vez.

Channing olhou para ele.

— Não sei o que você está querendo dizer.

— Não consegue adivinhar?

Channing sacudiu a cabeça, os olhos estavam vazios.

— Ela me passou uma cantada — disse Kerrigan. Ele se recostou na cadeira e esperou a reação de Channing.

Mas não houve reação. Apenas viu o ar intrigado sumir aos poucos do rosto de Channing, que então deu de ombros. Ele estendeu a mão para o copo grande cheio de uísque, levou-o à boca e tomou um gole grande. Então levou um cigarro aos lábios e tragou com calma. A fumaça saiu pelo seu nariz e sua boca como fumaça de um queimador de incenso, as colunas finas subindo preguiçosamente.

Kerrigan podia sentir que estava ficando nervoso. Tentou relaxar, mas seus olhos estavam endurecendo e sua voz estava soando tensa e nervosa.

— Você não ouviu o que eu disse? Ela me passou uma cantada.

— E daí?

— Você não parece se importar.

— Por que eu deveria?

Kerrigan falou com um sarcasmo amargo:

– Ela tem classe. Você não quer que ela se misture com estivadores e bêbados.

– Não dou a mínima para com quem ela se mete.

– Ela é sua irmã – disse Kerrigan. – Não significa nada para você?

– Ela significa muito para mim. Eu gosto muito de Loretta.

– Então por que não cuida dela?

– Ela é grande o suficiente para saber se cuidar.

– Não à noite. Não nesta vizinhança. Nenhuma mulher está segura nesta vizinhança.

Channing tirou os olhos da câmera e estudou o rosto de Kerrigan. Ficou em silêncio por alguns instantes, então falou baixinho:

– Eu não estou preocupado. Por que você deveria estar?

Era uma afirmação perfeitamente lógica. Kerrigan engoliu em seco e disse:

– Só estou dando um conselho, só isso.

– Obrigado – disse Channing. Ele inclinou um pouco a cabeça. – Acho que é você quem precisa de um conselho.

Kerrigan se viu encarando a câmera no centro da mesa.

Ele ouviu a voz de Channing:

– Não tenha medo dela.

Parecia que a mesa estava se elevando para acertá-lo na cara. Ele afastou a cabeça para o lado e se perguntou por que não conseguia olhar para Channing.

– Não há motivo para ter medo – disse Channing. – Afinal de contas, ela é só uma mulher.

Ele tentou responder, tateou em busca de frases, mas não encontrou sequer uma palavra.

— Estou dizendo isso — murmurou Channing — porque sei que você está interessado por ela.

— Você está louco.

— Talvez — reconheceu Channing com total seriedade. — Mas às vezes é o lunático a pessoa que faz mais sentido. Talvez você não saiba que está interessado nela, mas isso está evidente em seus olhos. Você está muito a fim dela, mas também morre de medo dela.

Algo apertou a garganta de Kerrigan. Ele falou em um sussurro.

— Claro que tenho medo. Tenho medo de arrebentar os dentes dela se vier me perturbar outra vez.

Channing ergueu as sobrancelhas. Por um longo instante ficou pensando em silêncio, então disse:

— Bem, isso é bem compreensível. Para você, ela está só se divertindo.

Kerrigan espalmou as mãos sobre a mesa, fazendo pressão contra a madeira. Ele ficou calado.

Channing falou:

— É bem possível que ela seja mais séria do que você pensa. Por que não tenta descobrir?

— Não estou interessado. Acontece que tenho outra coisa em mente.

Fez uma pausa, esperando que aquilo atingisse Channing.

O rosto de Channing estava impassível.

— Isso tem a ver com você — disse Kerrigan. Fez-se outra pausa, muito mais longa. — Eu gostaria de saber mais sobre você.

— Eu — franziu o cenho Channing. — Por quê? Algum motivo em especial?

— Acho que você sabe qual o motivo. Não estou pronto para afirmar com certeza. Mas acho que você sabe.

Channing ergueu outra vez as sobrancelhas.

– Isso parece um tanto sinistro. Agora você me deixou curioso.

– Não preocupado?

– Não. Só curioso.

– Você devia estar preocupado.

Channing sorriu.

– Nunca me preocupo. Sofro muito, mas nunca me preocupo. – Ele pegou o copo de uísque, deu um gole grande que esvaziou o copo. Então serviu mais uísque da garrafa, tomou outro gole e disse: – Eu gostaria que você me explicasse isso tudo.

– Não estou pronto para contar a você.

Channing continuou a sorrir. Era um sorriso tranqüilo.

– Espero que seja algo emocionante – murmurou ele. – Gosto de emoções.

– Foi isso o que imaginei – disse Kerrigan. – Tudo pela diversão.

– Claro. – Channing acendeu outro cigarro. – Por que não? – Ele deu um trago relaxado no cigarro, inalou profundamente a fumaça, depois soltou-a em pequenas nuvens ao dizer: – Há algumas semanas achei que seria legal conhecer o Alasca. Nunca tinha ido ao Alasca e de repente resolvi fazer a viagem. Resolvi numa tarde de quarta-feira. Uma hora mais tarde estava em um avião e, na quinta à noite, estava fazendo amor com uma mulher esquimó de sessenta anos.

Kerrigan ficou em silêncio por alguns momentos, então disse:

– Como estava o Alasca?

– Muito legal. Um pouco frio, mas muito legal.

As mãos de Kerrigan ainda estavam espalmadas contra a mesa. Ele baixou os olhos até elas.

– Você sempre faz essas coisas?

– De vez em quando – disse Channing. – Depende do meu estado de espírito.

– Aposto que você tem muitos estados de espírito diferentes.

– Centenas deles – reconheceu Channing. Ele riu sem emitir som. – Eu devia manter um arquivo. É difícil se lembrar de tamanha variedade.

Kerrigan fechou os olhos e, por um momento, tudo o que viu foi a escuridão. Então algo aconteceu ao negrume e ele se transformou no beco escuro e nas manchas secas de sangue.

Sentiu um tremor surgir em seu peito, subir até o cérebro e descer até o peito outra vez. Agora os olhos estavam abertos, suas mãos estavam escancaradas e ele viu que os nós dos dedos estavam brancos. Disse a si mesmo: "Pare com isso, você ainda não tem certeza, não tem provas, não pode fazer nada até ter provas".

Então algo o fez virar a cabeça e ele viu as duas velhas de pé no bar. Estavam olhando para ele e Channing e faziam ruídos sibilantes para chamar sua atenção. Então, um tanto hesitantes, elas foram até a mesa.

Aproximaram-se com expressão mal-humorada e beligerante, mas apesar disso suas bocas retorcidas pareciam implorar por algo. Frieda tentava balançar os quadris disformes e suas mãos faziam ajustes caprichosos no cabelo alaranjado. Dora balançava os ombros ossudos e tentava mostrar as curvas de um corpo que não tinha curvas. Quando chegaram mais perto, pareciam um saco de farinha e uma vassoura andantes.

– Dêem o fora daqui – resmungou Kerrigan.

– Temos o direito de sentar – disse Dora. Então ela o reconheceu. – Ei, quem diria? É Bill Kerrigan.

– Claro que é – gritou Frieda.

— E está todo arrumado na melhor beca de domingo – declarou Dora. Ela soltou um riso agudo e desafinado. – Achamos que você era um federal. – Ela cruzou os braços, descruzou-os e tornou a cruzá-los. – Por que essa roupa especial?

— Esta aqui é uma mesa especial – disse Frieda. Ela fez um gesto para indicar Channing, que estava ali sentado, relaxado e com um leve sorriso.

Dora tinha parado de rir e seu rosto estava todo vincado com rugas que se curvavam para baixo.

— Pode ser especial, mas não é reservada. Se eles podem sentar aqui, nós também podemos.

— Você está muito certa – disse Frieda. Ela pegou a cadeira ao lado de Channing e virou-a para que o tecido feio que cobria seus quadris encostasse em seu paletó limpo.

Dora sentou ao lado de Kerrigan e passou o braço em torno de seu ombro. Ele praguejou em silêncio, segurou-a pelo pulso e afastou seu braço. Mas então o braço o envolveu outra vez. Ele pensou: "Que se dane", e deixou que ficasse ali.

— Você vai nos pagar uma bebida? – perguntou Frieda a Channing.

— Bem, claro – disse Channing. – O que vocês querem?

— Gim – disse Dora. – Nós só bebemos gim.

Channing chamou Dugan e pediu uma garrafa de gim e dois copos. O bêbado corcunda tinha se virado e estava olhando para a mesa. Seu rosto estava inexpressivo.

— Você quer alguma coisa? – perguntou a ele Channing.

— Vá pro inferno – disse o bêbado. Disse aquilo com esforço. Não havia mais vinho em seu copo, ele tinha apenas sete centavos no bolso e o vinho custava quinze. Ele respirou fundo e disse: – Vá para o inferno.

– E você também – gritou Frieda para o bêbado. – Não queremos nada com você, sua aberração corcunda.

– Não diga isso – disse com suavidade Channing. – Isso não é legal.

Frieda girou na cadeira e olhou para ele.

– Não me venha dizer como falar. Sou uma dama e sei como falar.

– Tudo bem – disse Channing.

– Nós somos duas damas, eu e minha amiga Dora. Essa é a Dora. Eu me chamo Frieda.

– É um prazer conhecê-las – disse ele. – Sou Newton Channing.

Frieda falou alto:

– Não estamos interessadas em quem você é. Não é melhor que a gente. – Ela sentou-se bem aprumada e os olhos estavam mais duros. – O que faz você achar que é melhor que a gente?

– É isso o que eu acho?

– Claro – disse Dora. – Você não engana ninguém.

Channing deu de ombros. Dugan chegou na mesa com a garrafa de gim e dois copos. Channing olhou para Kerrigan.

– E você?

– Não quero nada – murmurou Kerrigan. – Eu vou embora daqui. – Tentou se livrar da pressão feita pelo braço magro de Dora. Ela pôs o outro braço ao redor dele e o segurou ali.

Ele não ouviu o som da porta e não ouviu a aproximação dos passos em sua luta para se livrar de Dora. Então algo fez com que olhasse para o alto e ele a viu de pé ao lado da mesa, viu o rosto lindo e o cabelo dourado de Loretta Channing.

Ela estava olhando para ele. Seu olhar era decidido e parecia ignorar as outras pessoas à mesa.

– Quem é a vagabunda? – disse Frieda.

– Essa vagabunda – disse Channing – é minha irmã.

– Ela até que não é feia – comentou Dora.

– O que ela está fazendo aqui? – perguntou Dora. – Está vendo se arruma alguém?

– Tem um cara ali – disse Dora, e apontou para o corcunda no bar. – Vá lá e converse com ele – disse para Loretta. Ela não gostava da maneira com que Loretta olhava para Kerrigan. Seu braço apertou-se em torno do ombro de Kerrigan e ela falou mais alto: – Não está vendo que estamos juntos, aqui? Você não pode sentar aqui, a menos que esteja com um homem.

Loretta continuou a olhar para Kerrigan.

A respiração de Dora ficou mais difícil.

– Olhe, aqui – sibilou para Loretta. – Tire os olhos dele. Ele está comigo. Se quiser olhar, tem que olhar para mim primeiro.

– Isso mesmo, mostre a ela – disse Frieda.

Channing estava morrendo de rir.

– Cuidado, Dora. Minha irmã tem uma direita e tanto.

– Ela não me assusta – disse Dora. – Se mexer comigo, vai precisar é de tratamento médico 24 horas por dia.

Ela viu que Loretta a ignorava e continuava a olhar para Kerrigan. Ela se levantou, aproximou o rosto do de Loretta e gritou:

– Escute aqui, já falei para parar de olhar para ele.

– Não grite no meu rosto – disse baixinho Loretta.

– Se continuar com isso, vou cuspir na sua cara.

Loretta deu um sorriso. Os olhos permaneceram em Kerrigan quando ela murmurou:

– Não, não faça isso.

– Você está me desafiando? – ganiu Dora.

– Claro que está desafiando você – disse Channing. – Não vê que ela está querendo confusão?

– Bem, não tenho a menor dúvida que ela vai encontrar – declarou Dora. – Quando estou com um homem, não quero nenhuma sirigaita se metendo.

Loretta olhou para a coroa magricela.

– Você tem razão – disse ela. – Você tem toda a razão. Me desculpe. – Ela se afastou de Dora então virou-se e andou até o bar.

Mas Dora não estava satisfeita e gritou:

– Você não vai escapar assim tão fácil, sua vadia. – Ela baixou a cabeça e investiu contra Loretta. No último instante, Loretta deu um passo para o lado. Dora colidiu contra o balcão e caiu estatelada no chão. Rolou de lado, tentou se levantar, tropeçou nas próprias pernas e tornou a cair. Fez outra tentativa de se erguer, tentou firmar um pé, e viu Loretta ali parada com as mãos nas cadeiras, esperando por ela. Havia algo nos olhos de Loretta que diziam a Dora para pensar em sua própria segurança pessoal.

Quando Dora se afastou de Loretta, o bêbado corcunda soltou um riso alto de desdém. Dora virou-se e começou a gritar e a xingá-lo. Loretta deu as costas para eles e disse a Dugan que queria um uísque. Na mesa, Frieda estava dizendo a Channing que ele devia arrumar uma esposa e sossegar. Ela começou a falar em tons mais baixos, discutindo os benefícios do matrimônio. Channing tinha se virado na cadeira para encará-la e dava a ela toda a sua atenção. Frieda declarou que todo homem precisava morar com uma mulher, que para preservar a saúde era necessário levar uma vida caseira saudável. Channing concordou com ela. Disse que era totalmente favorável à vida doméstica saudável. Perguntou a Frieda quantos anos tinha e ela disse quarenta e três. Channing balançou a cabeça pensativo, então perguntou o peso dela, que respondeu oitenta quilos. Ele disse que oitenta estava bem e perguntou se ela sabia cozinhar. Ela disse que não. Os olhos de Channing estavam firmes na coroa disforme de cabelo laranja. Sua voz estava séria quando disse a ela que era melhor começar a aprender a cozinhar.

Kerrigan ficou ali sentado ouvindo aquilo e olhando fixamente para a câmera, até ouvir Frieda dizer:

– Está falando sério?

– Claro, Frieda – respondeu.

– Bem, é que eu não estou conseguindo acreditar! – disse Frieda.

Kerrigan tentava afastar os olhos da câmera. Disse a si mesmo para se levantar e ir embora. Ouviu a voz embargada pelo gim de Frieda dizer:

– Está mesmo falando em se casar comigo, eu ser sua mulher e você meu marido?

Sem a menor hesitação, Channing respondeu:

– Claro! Se você quiser...

Kerrigan segurou a beira da mesa e tentou se erguer da cadeira, mas as lentes da câmera ainda prendiam seus olhos e ele não conseguiu se mexer.

– Quando vamos fazer isso? – perguntou Frieda.

E Channing disse:

– Pode marcar a data.

As pernas da cadeira de Kerrigan arranharam o chão, então ele se levantou da mesa. Olhou para baixo para a velha disforme e disse:

– Por que está deixando ele fazer você de boba?

Frieda olhou para ele e sua boca contorceu-se.

– É isso que ele está fazendo? – Ela virou-se para estudar o rosto de Channing e disse: – Você está aí sentado rindo de mim?

Channing estava servindo mais uísque em seu copo. Deu um longo e demorado gole, o equivalente a três doses, e disse:

– Já falei para você marcar a data.

Kerrigan olhou feio para Frieda e disse:

– Sua idiota. Não percebe que ele está só provocando você? Está fazendo você pagar pelo gim. Ele só quer se divertir um pouco.

– Não enche o saco – disse Frieda. – Não pedi sua opinião. – Virou-se para Channing e deu um sorriso doce para ele. Havia uma certa tristeza no sorriso.

– Tudo bem, sei que é uma brincadeira. Você não pode estar falando sério.

– Mas estou – disse Channing. A voz dele estava suave, os olhos doces. Ele falou com ela como se Kerrigan não estivesse ali. – Acredite – disse ele. – Tente acreditar em mim.

Kerrigan riu com desdém. Afastou-se da mesa e foi na direção da porta. Deu um passo e então viu Loretta no balcão do outro lado do bar. Ele olhava imóvel para ela, inclinada sobre o balcão. Aos poucos, seus olhos se apertaram. Voltou até a mesa e pegou a câmera. Caminhou devagar pelo bar, chegou ao lado dela e botou a câmera sobre o balcão.

Ele falou sem rodeios.

– Você deixou isso no escritório das docas.

Ele se virou para ir embora. Ela botou a mão em seu braço.

– Por favor, não vá.

– Tenho um encontro.

Ela o olhou de cima a baixo.

– É por isso que você está todo arrumado?

Ele não respondeu.

Por um longo instante ela estudou seus olhos, então disse:

– Claro que você tem um encontro. Comigo.

– Desde quando?

– Desde que tomou um banho, se barbeou e botou sua melhor roupa.

Ele fechou a cara.

– Não fiz isso por você.

Ela inclinou a cabeça e o olhou meio de lado.

– Por quem mais você faria isso?

Ele abriu a boca para dar uma resposta rápida e mal-humorada, mas não conseguiu dizer sequer uma palavra. Esperou que soltasse seu braço para poder se afastar. Então percebeu que ela não estava segurando seu braço. Ela o soltara há um bom tempo. Ele se perguntou por que tinha a sensação de que ainda estava segurando seu braço.

Atrás do balcão, Dugan esperava o pagamento pelo uísque e a água. Loretta abriu a carteira, pegou uma nota de um dólar e a deu a ele, que devolveu o troco, duas moedas de vinte e cinco e duas de dez. A transação foi feita sem pressa e Kerrigan desejou que tivessem feito aquilo com mais rapidez. Não conseguia compreender aquela impaciência. Por alguma razão inexplicável, estava com pressa, e era como se não conseguisse se mexer a menos que ela o acompanhasse.

Ficou ali parado, esperando-a botar os setenta centavos na carteira e guardá-la no bolso da saia. Ele transferiu seu peso de um pé para outro e observou enquanto ela bebericava bem devagar o uísque e a água. Sem emitir qualquer som, ele dizia para si mesmo: "Vamos lá, vamos lá". Ela se virou e olhou para ele. Botou o copo no balcão, pegou a câmera e falou baixinho para ele, com um sorriso:

– Eu terminei. Vamos embora?

O chão pareceu deslizar sob seus pés, levando-o para longe do balcão. O teto recuou, as paredes se moveram e a porta se aproximou. Atrás dele havia o som agudo da voz de Dora, que ainda gritava com o bêbado corcunda. E o som das vozes mais baixas da conversa de Frieda com Channing. Também o som de uma música estridente cantarolada pelos lábios de Dugan. Mas todos aqueles sons eram insignificantes, um coral que nada acrescentava. A única coisa que ouvia enquanto caminhava com ela até a porta e saía do Dugan's Den era um rugido alto em seu cérebro.

Capítulo 11

Ficou parado com ela na esquina do lado de fora do bar. Viu o carro esporte pequeno estacionado do outro lado da rua. Estava limpo e reluzente, e o luar parecia dar a ele um brilho prateado. Cintilava como uma jóia contra o cenário miserável de barracos e cortiços. Ele pensou: o carro não pertence a esse lugar. Simplesmente não se encaixa no quadro.

Olhou para Loretta. Ela estava esperando que ele dissesse algo. Ele engoliu em seco e murmurou:

– Quer dar uma caminhada?

– Vamos de carro.

Atravessaram a rua e entraram no MG. Ela deu a partida no motor. Ele encostou-se no banco e tentou ficar confortável. Estava muito desconfortável e isso nada tinha a ver com a maneira como estava sentado. Ela percebeu que ele não estava à vontade e disse:

– É um carro pequeno. Não tem muito espaço.

– Tudo bem – disse ele. Mas não estava tudo bem. Disse a si mesmo que não pertencia àquele carro. Queria abrir a porta e sair. Ele se perguntou por que não conseguia sair.

O carro estava em movimento.

– Onde vamos? – disse ele.

– Aonde você quiser. Quer dar uma volta em Uptown?

Ele sacudiu veementemente a cabeça.

– Por que não?– perguntou ela.

Ele não soube responder. Estava com os braços cruzados e o olhar fixo à frente.

– Posso mostrar a você onde moro – disse ela.

– Não. – A voz dele saiu ríspida.

– Não é longe – insistiu ela com delicadeza. – De carro é rápido. Nem vinte minutos.

– Não quero ir lá.

– Alguma razão em especial?

Ele não conseguiu responder outra vez.

– É muito legal em Uptown – disse ela.

– Aposto que é – disse ele por entre os dentes. – A droga de um lugar melhor que esse aqui embaixo.

– Não foi isso o que eu quis dizer.

– Eu sei o que você quis dizer. – As mãos dele apertaram com força a beira do assento. – Me faz um favor, está bem? Pára de tentar botar as coisas em níveis iguais. Você mora lá em cima e eu aqui embaixo. Vamos deixar isso assim.

– Mas isso não faz sentido. Isso é uma bobagem.

– Tudo bem, é uma bobagem. Mas é assim. Então toca para o rio.

O carro acelerou. Chegou na Wharf Street e ele disse que ela virasse para o norte. Seguiram por várias quadras e ele mandou que parasse um pouco adiante. Apontou para uma abertura entre os molhes. Era uma ladeira coberta de mato que descia até a beira da água.

Havia principalmente mato e musgo, era pouco mais que um banco de lama. Durante o dia, nada havia para ver. Mas sob a luz do luar, o lugar ficava sereno e pastoral, o mato alto de alguma forma parecia imponente e gracioso como se fossem grandes samambaias.

– Muito bonito – murmurou ela. – É bem agradável, aqui.

— Bem, pelo menos é sossegado. E tem uma brisa.

Por alguns instantes, não falaram coisa alguma. Ele se perguntou por que a levara até aquele lugar. Lembrou-se que costumava ir até ali quando criança, sozinho, para sentir o silêncio e pegar a brisa do rio. Ou talvez só para escapar dos barracos e dos cortiços.

Ele a ouviu dizer:

— Aqui é tão diferente. Parece uma ilhota, longe de tudo.

Então olhou para ela. O luar caía sobre seus cabelos dourados e iluminava seus olhos. Seu rosto o deixava em transe. Ele podia saborear o néctar de sua proximidade.

Disse a si mesmo que a queria, precisava tê-la. A necessidade era tão intensa que ele se perguntou o que impedia que ele a tomasse nos braços. Então, de repente, ele soube o que era. Era algo mais profundo que a fome da carne: queria alcançar seu coração, sua alma. E seu cérebro fervilhou com amargura quando pensou: "Não é isso o que ela quer. Ela só está atrás de um diversão sem compromisso".

A amargura ficou evidente em seus olhos. Ele falou com uma voz grossa.

— Ligue o carro. Vamos embora daqui.

— Por quê? — ela franziu levemente o cenho. — Qual o problema?

Ele não conseguia olhar para ela.

— Você só está se divertindo, brincando por aí.

— Isso não é verdade.

— Pro diabo que não é. Já vi muita coisa para saber bem qual é a sua jogada.

— Você está errado.

— Estou? — Ele lançou um olhar ameaçador. — Quem você acha que engana?

Ela ficou em silêncio, apenas sacudiu a cabeça devagar.

Ele apontou para a chave que pendia da ignição.

– Vamos, ligue o carro.

Ela não se mexeu. Olhou para as mãos levemente cruzadas sobre o colo e disse baixinho:

– Você não está me dando muita oportunidade.

– Oportunidade de quê? – A voz dele estava entrecortada. – De me fazer de palhaço?

Ela olhou para ele.

– Por que está dizendo essas coisas?

– Só estou dizendo o que penso.

– Tem certeza disso? Você sabe mesmo o que está pensando?

– Sei quando estão me enrolando. Sei que não gosto de ser passado para trás.

– Você não confia em mim?

– Claro que confio. Assim como acho que posso levantar um caminhão de dez toneladas.

Ela sorriu de novo, mas havia sofrimento em seus olhos.

– Bem, de qualquer jeito, eu tentei.

Ele franziu o cenho.

– Tentou o quê?

– Uma coisa que nunca fiz antes. Não é da natureza da mulher sair para a caça. Pelo menos, não de forma aberta. Mas eu sabia que era a única maneira que tinha de conhecer você. – Ela deu de ombros. – Desculpe se você não está interessado.

Seu cenho franziu-se ainda mais.

– Você está jogando limpo?

Ela não respondeu, apenas olhou para ele.

– Droga – murmurou ele. – Você me deixou confuso. Agora não sei o que pensar.

Ela prosseguiu com um tom de auto-reprovação.

– Tentei ser sutil. Ou esperta, não sei bem. Como hoje nas docas, quando usei a câmera. Mas lá no fundo eu sabia a verdadeira razão para querer sua foto.

Ele afastou o olhar dela, que disse bem baixinho:

– Queria guardar você comigo. Ia ter que me contentar com uma foto. Mas depois, quando deixei a câmera na mesa, fui apenas uma fêmea jogando um jogo. Eu devia ter me aberto com você, devia ter dito tudo claramente.

– Dito o quê?

– Que eu quero você.

Ele sentiu seu cérebro girar. Lutou contra a tonteira e conseguiu dizer:

– Não estou no mercado para uma aventura de uma noite só.

– Eu não estava pensando nisso. Você sabe que não era nisso que eu estava pensando.

Por alguns momentos, ele ficou sem fala. Estava tentando ajustar seus pensamentos. Finalmente disse:

– Isso está acontecendo rápido demais. Mal nos conhecemos.

– O que tem para conhecer? É tão importante assim saber todos os detalhes? No momento em que conheci você, senti uma coisa. Uma sensação que nunca tive antes. Isso para mim basta. Essa sensação.

– É – disse ele. – Eu sei. Sei o que você quer dizer.

– Você também sente?

– Sinto.

Eles ficaram ali sentados no MG, e o espaço entre os bancos da frente os separava. Mas ainda assim parecia que estavam se abraçando. Sem se mover, sem tocá-la, acariciou seus olhos e seus lábios, e a ouviu dizer:

– Isso é tudo o que eu quero. Só isso. Só ficar perto de você.

— Loretta...
— Sim?
— Não vá embora.
— Não vou.
— Quero dizer, não vá embora nunca. Nunca.

Ela suspirou. Estava de olhos fechados e murmurou:

— Se você estiver falando sério.
— Estou – disse ele. – Não quero que isso acabe.
— Não vai – disse ela. – Sei que não vai.

Mas ele não ouvia palavras. Era como música suave que penetrava em seu sonho. E o sonho o estava levando para longe de tudo o que conhecia, todo o segmento tangível do mundo em que ele vivia. Levou-o para longe das paredes de gesso rachado da casa dos Kerrigan, o barulho dos inquilinos nos quartos lotados nos andares de cima, os gritos, berros, palavrões. Levou-o para longe da voz rouca de Lola e das garrafas de cerveja vazias que atulhavam a sala, do seu pai roncando no sofá. E no sonho havia uma voz que dizia adeus para Tom, adeus para a casa, adeus para a Vernon Street. Um murmúrio de despedida dos cortiços e barracos, das calçadas cobertas de poeira, os terrenos baldios cheios de lixo, o berreiro dos gatos nos becos escuros. Mas havia uma viela escura que se recusava a aceitar a despedida. Como uma exposição itinerante, entrava no sonho para mostrar o calçamento esburacado, a luz do luar e o incansável brilho de uma lâmpada que iluminava marcas secas de sangue.

Seus olhos se apertaram para focalizar a parente do suspeito número um.

Sua voz tinha uma tonalidade neutra.

— Me diga uma coisa...

Mas ele não sabia como seguir daquele ponto. Era como um cabo de guerra em seu cérebro. Um lado se esforçava para aferrar-se ao sonho. O outro lado era a realidade, sombria e triste. Sua irmã estava dormindo em uma cova e ela mesma se pusera ali porque um homem invadira sua carne e destroçara sua alma. Ele disse a si mesmo que tinha de encontrar o sujeito. Independente de todo o resto, ele tinha de encontrar o sujeito e fazê-lo pagar. Suas mãos tremiam, querendo agarrar um pescoço invisível.

Ela estava ali sentada, sorrindo para ele, à espera que dissesse alguma coisa.

Ele olhou além dela.

– Você gosta de seu irmão?

– Muito. Ele é um bêbado, um vagabundo e é muito excêntrico, mas às vezes pode ser muito legal. Por que está perguntando isso?

– Ando intrigado com ele – disse, e olhou para ela. – Tenho me perguntado por que ele vem sempre ao Dugan's Den.

Ela não respondeu por alguns instantes. Então disse, com um leve dar de ombros:

– É só um lugar onde ele pode se esconder.

– De que ele está se escondendo?

– Dele mesmo.

– Não entendo isso.

Os olhos dela se nublaram repentinamente. Estava olhando para longe dele.

– Não vamos falar disso.

– Por que não?

– Não é agradável. – Mas então, com uma sacudida rápida da cabeça, falou: – Não, eu estou errada. Você tem todo o direito de saber.

Ela contou sobre sua família. Era uma família pequena, só os pais, ela e o irmão. Uma família comum de classe média com uma vida bem confortável. Mas sua mãe gostava de beber, e o pai dormia em um quarto separado. Disse que, como agora estavam mortos, não importava que falasse sobre eles. Os dois se detestavam. Era algo tão forte que nem se davam o trabalho de discutir, mal falavam um com o outro. Certa noite, quando seu irmão tinha dezessete anos e acabara de tirar a carteira de motorista, levou os pais para um passeio. Ele voltou para casa sozinho com um curativo na cabeça. O pai tinha morrido na hora e a mãe, no hospital. Poucas semanas depois, Newton começou a ter acessos de riso histérico. Ele se perguntava em voz alta se fizera aquilo de propósito. Como se, na verdade, estivesse lhes fazendo um favor, encontrando uma saída fácil para eles. Um tio solteiro chegou para cuidar da casa, mas não agüentou os ataques e o comportamento de Newton, por isso acabou indo embora.

Quando tinha dezenove anos, Newton se casou com a empregada, uma mulher de quarenta e tantos anos. Era uma mulher baixa e bem magra, e seu rosto tinha marcas de queimadura horríveis de um acidente na infância. Nenhum homem jamais olhara duas vezes para ela, que fazia o máximo para agradar Newton. Mas não era isso o que ele queria. Queria que ela agisse com aspereza, que o tratasse mal e fosse muito má. Sempre tentava perturbá-la, para que ela perdesse a calma. Parecia adorar sempre que aquilo acontecia, especialmente quando ela o arranhava ou arremessava pratos contra ele. Depois de sete anos, ela não agüentou mais. Procurou um advogado e conseguiu o divórcio. Alguns meses depois, Newton se casou com uma cigana húngara, uma adivinha, uma mulher alta, ossuda, de nariz adunco, que já fora casada várias vezes em várias partes do país. Ela tinha cinqüenta e poucos anos e pintava o cabelo de preto com tinta de sapato. Às vezes ela ficava com muita sede e bebia aquela tinta. Outras vezes exigia que Newton lhe desse grandes somas de dinheiro para comprar caixas de bourbon caro. Ele tinha uma renda de sessenta dólares por semana do seguro de seu pai e, às vezes, esse dinheiro era todo gasto em bebida. Loretta estava trabalhando em um laboratório de prótese dentária. Ganhava quarenta por semana, mas pouco guardava para si, pois Newton e a cigana sempre lhe pediam dinheiro.

Quando Loretta tinha vinte anos, casou-se com um jovem dentista. Durante um período moraram em um apartamento pequeno. Mas ela sempre estava preocupada com Newton, tinha a sensação de que havia uma bomba dentro dele que cedo ou tarde ia explodir. O marido sempre dizia para que deixasse Newton para lá, mas ela não conseguia, e começou a insistir para que eles se mudassem de volta para a casa. Ele recusou. Eles discutiram. As brigas ficaram piores e ele acabou indo embora. Ela se culpou, ligou para ele, disse que estava arrependida e pediu que voltasse. Mas, na verdade, não o queria de volta. Nessa época estava muito confusa e não tinha certeza do que queria. Ficou mesmo muito aliviada quando o dentista disse que não adiantava tentar uma reconciliação, que gostava muito dela, mas tinha bom senso o suficiente para saber quando algo estava acabado. Ele a aconselhou a conseguir o divórcio. Ela conseguiu e voltou a morar na mesma casa com Newton e a cigana.

Não era fácil morar ali com eles. Estavam bêbados quase o tempo inteiro. A cigana nada fazia para manter a casa limpa, e a pia sempre estava repleta de pratos sujos. Havia garrafas vazias por todo lado. Às vezes, a cigana atirava as garrafas na cabeça de Newton. Em outras ocasiões, tentava quebrar suas costelas com um cabo de vassoura. Uma vez ela o acertou com tanta força que quebrou duas costelas dele. Ele ficou sentado no chão, sorrindo e dizendo que ela era uma mulher muito boa e que a adorava.

Loretta disse a si mesma que não podia ficar naquele hospício. Mas tinha de ficar. Tinha de cuidar de Newton. Ele estava piorando, bebendo cada vez mais. Um dia ele saiu e comprou uma fantasia de esqueleto. No meio da noite, a cigana ouviu um barulho no quarto, acordou, viu o esqueleto e começou a gritar a plenos pulmões. O esqueleto se aproximou dela, rindo como um louco, e ela desmaiou. Depois daquela noite, ela passou a andar com um olhar perdido. Algumas semanas mais tarde pegou uma gripe. Não se cuidou direito, piorou, pegou uma pneumonia e morreu. No enterro, Newton teve outro de seus acessos de riso. Então, durante alguns meses, ficou bem e arranjou um emprego em uma concessionária de carros importados. Ele trabalhava muito e estava conseguindo ficar longe da bebida. Gostava muito de Loretta e era de uma generosidade extravagante. No Natal, deu a ela aquele carrinho britânico, o MG. Tiveram uma bela ceia de Natal, só os dois. Ele estava bem-humorado, divertido e galante. Ela, muito agradecida pela maneira como ele andava se comportando naquela época. Estava tão orgulhosa dele. Mas menos de uma semana depois, ele teve outro acesso de riso. No dia seguinte, pediu demissão do emprego. E então começou a beber outra vez.

– Quando foi isso?
– Há mais ou menos um ano.
– Quando ele começou a freqüentar o Dugan's?
– Nessa época.

Ele disse a si mesmo para continuar a fazer perguntas. Mas algo o deteve. Era a expressão no rosto dela. Seus olhos estavam secos, mas ela parecia, ainda assim, estar chorando.

– Não – disse ele. – Não fique triste assim.

Ela tentou sorrir, mas seus lábios tremeram.

– Sei que não tem sido fácil para você – disse ele.

Ela estava de cabeça baixa e levou a mão aos olhos.

De repente, ele sentiu a dor que ela estava sentindo. Seu cérebro afastou todo o pensamento de Newton Channing, todos os aspectos daquele assunto medonho que ele estava tentando resolver. A única coisa que sabia era que estava com vontade de segurá-la, segurá-la e nunca deixá-la partir.

E outra vez ele se viu mergulhado no sonho que o levava para longe da Vernon Street.

A voz dele saiu como um sussurro rouco:

– Olhe para mim.

Ela afastou a mão dos olhos.

– Quero cuidar de você – disse ele. – A partir de agora.

Os lábios dela estavam entreabertos e sua respiração, suspensa.

– Para sempre – disse ele.

Ela estava olhando fixamente para ele.

– Você sabe o que está dizendo?

Ele balançou lentamente a cabeça. Mas seus pensamentos estavam girando e uma luz de alerta piscava. Não sabia o que aquilo significava. Disse a si mesmo que não queria saber.

– Tem que ser para sempre – disse ele. – Não pode ser de outro jeito. – E então, às cegas, em um frenesi de vontade, de desejo por ela, esticou as mãos e segurou seus pulsos. Sua voz era um sussurro rouco:

– Não vamos desistir. Vamos resolver isso esta noite.

– Esta noite?

Os olhos dele estavam febris.

– Sei onde podemos conseguir uma certidão.
– Mas...
– Apenas diga sim. Diga.

Ela continuou a olhar para ele. Então, virou a cabeça bem devagar e olhou além da margem do rio, para o luar refletido na superfície. Por um longo momento, o único barulho era o da água batendo contra a margem.

E então houve o som da voz dela dizendo:
– Sim.

Capítulo 12

Ele não se moveu. Era uma espécie de paralisia, como se tivesse levado uma marretada no crânio, forte o suficiente para atordoá-lo. O ar se transformou em um túnel de névoa.

– Então? – disse ela.

Ele vacilou. Sentiu outra vez a luz de alerta piscar. Mas agora não estava dando um aviso. Em vez disso, transmitia a mensagem direta: é tarde demais, não tem mais saída.

Seus lábios se mexeram de maneira mecânica. Mandou ligar o carro. E então, quando o MG respondeu ao pedal do acelerador, ele viu a cena pastoral esvanecer-se, o pára-brisa emoldurando um quadro que mudava. Ele viu um último vestígio de água enluarada e paisagem serena. O carro virou na Wharf Street e ele viu as pedras duras do calçamento que asfixiavam todas as flores. Viu as silhuetas recortadas dos píeres e dos armazéns. O carro estava perto da Vernon e ele podia ver os barracos e cortiços. Começou a ouvir os ruídos noturnos da Vernon Street, o uivo dos gatos de rua, o latido dos vira-latas, o som gemido, melancólico que vinha zumbindo de centenas de quartos superlotados.

– Mais devagar – disse ele.

Ela olhou para ele.

– É para parar o carro?

– Não disse isso. Só vá mais devagar.

O carro reduziu a velocidade. Ele ficou sentado

duro, ereto, olhando direto para a frente. Ela continuava a olhá-lo de esguelha.

Finalmente murmurou:

– Qual o problema?

– Nada – disse ele.

À distância havia o vozerio entrecortado da discórdia doméstica. De algum apartamento no terceiro andar a voz aguda de alguma megera parecia uma serra, enquanto as pragas rosnadas pelo marido bêbado passavam pela mulher, para além do telhado, e subiam até o céu.

Mesmo assim, Kerrigan sentiu inveja. A megera e seu marido iam acabar se abraçando na cama. Iam ficar juntos porque pertenciam um ao outro. Os dois tinham as mesmas raízes, fincadas na Vernon Street.

Ouviu a voz calma de Loretta Channing, a voz de um estranho que pedia informação. Ele mal ouviu a própria resposta. Quando disse a ela para virar na Vernon, um coral de vozes da Vernon chegou até ele com a dúvida soturna: "O que ela está fazendo aqui se não conhece nem o caminho por onde anda?".

O carro seguia bem devagar pela Vernon Street. Um bêbado cambaleante entrou na frente do carro, por pouco não foi atropelado, e gritou uns palavrões para a motorista. Eram palavrões muito sujos, e ela teve um sobressalto. Kerrigan olhou para trás e reconheceu o homem. Era seu vizinho de porta.

Ela apertou o acelerador. O MG afastou-se da torrente de obscenidades.

Ela disse:

– Ainda bem que nos afastamos daquilo.

Ele disse a si mesmo para ficar com a boca calada.

Na esquina da Third com a Vernon, mandou que ela entrasse à direita. Seguiram pela Third, passaram pelos postes de luz e foram até a metade do quarteirão, quando ele disse que parasse o carro. Ela o olhou intrigada. Ele apontou para uma casa de madeira de dois andares que tinha um cartaz de papelão na janela da frente. A luz do poste mais próximo mostrava duas palavras rabiscadas a lápis no cartaz: uma palavra estava em letras gregas. Embaixo dela, a mesma palavra em letras normais: "Casamentos".

Fez um gesto para que ela saísse do carro. Então, juntos, pararam diante da entrada e bateram na porta com os nós dos dedos. A casa estava às escuras e ele teve de insistir por vários minutos até que a porta se abrisse. O velho grego apareceu vestindo um roupão de banho surrado, a barba por fazer, os olhos embaçados pelo sono interrompido.

– Tem uma certidão aí? – perguntou Kerrigan.

O grego piscou uma vez. Então estava totalmente desperto.

– Muitas certidões – disse ele. – Sempre tenho certidões.

Era um homem pequeno demais, com cerca de setenta anos. A cabeça era calva exceto por três tufos de cabelos brancos, um sobre cada orelha e outro no meio. Ele sorriu, exibiu uma boca sem dentes e falou:

– O anel. Você tem o anel?

Kerrigan sacudiu a cabeça e virou-se para Loretta. O rosto dela estava tranqüilo e ela estava olhando além do velho grego. Respirava baixinho e permanecia em silêncio.

O grego disse:

– Vou arranjar um anel em algum lugar.

Ele fez um gesto para que entrassem. Na sala pequena e miserável, acendeu uma lâmpada, então foi até outro aposento. Loretta sentou em uma cadeira frágil. Kerrigan ficou parado no meio da sala, sem olhar para ela. Suas pernas estavam pesadas, como se estivessem carregadas de chumbo.

Alguns minutos se passaram, então o grego voltou à sala com um tinteiro, uma caneta e uma folha grande de papel branco enrolada, presa com um elástico. Tirou o elástico e botou o papel na mão de Kerrigan, que olhou para aquele canudo de papel com palavras impressas que diziam que aquilo era uma certidão de casamento. Ele engoliu em seco, então caminhou até a cadeira onde Loretta estava sentada e disse:

– Você assina primeiro.

Loretta olhou para o grego.

– Esse papel é um documento legítimo?

O velho balançou a cabeça enfaticamente.

– Veio da prefeitura. Meu filho trabalha no departamento de casamentos. Amanhã ele leva isso lá e bota no arquivo.

Ela disse baixinho:

– Quero ter certeza de que isso é legal.

Kerrigan fechou a cara.

– Claro que é legal – disse ele. – Olhe só o que está impresso aqui.

O grego falou:

– Não há com o que se preocupar. Eu faço casamentos de verdade. Faço esse trabalho há anos. Nunca tive problema.

– Se não for legal – murmurou Loretta –, não vale nada, não significa nada.

O grego retorceu os lábios e olhou para o teto. Então virou-se para Loretta e disse em voz alta:

– Esta é uma certidão de casamento autêntica. Já disse que ela vai ser registrada.

Loretta se levantou da cadeira e foi até a mesinha onde o grego tinha posto a tinta e a caneta. Ela pegou a caneta, enfiou-a no tinteiro e então, por um momento longo, ficou olhando Kerrigan, que estava de cabeça baixa, olhando para o carpete. Loretta respirou fundo, assinou seu nome na certidão e então entregou a caneta a Kerrigan.

Ele foi até a mesa devagar. A caneta vibrava em sua mão trêmula. Sabia que ela o estava observando e tentou evitar que a mão tremesse. O tremor piorou e ele não conseguiu aproximar a caneta do papel.

Ele a ouviu dizer:

– Está esperando o quê?

Não havia como responder àquilo.

– Assine seu nome – disse ela. – Só precisa fazer isso. Escreva o nome na linha pontilhada.

Ele ficou ali parado olhando para o papel que tinha o nome dela escrito, e a linha pontilhada esperando pelo seu nome.

Então ouviu o grego dizer:

– Talvez esse homem não saiba escrever. Aqui vêm muitos caras que não sabem escrever o nome.

– Eu sei escrever – resmungou Kerrigan. Ao falar, sentiu o suor escorrer de sua testa.

– O que está acontecendo? – perguntou o grego em voz baixa e sério. – Por que não assina o papel?

– Não o apresse – disse Loretta. – Deixe que ele se acalme.

– Ele parece nervoso – disse o grego. – Acho que ele está muito nervoso.

– É mesmo? – disse ela em tom de zombaria. – Eu acho isso muito estranho. Isso foi idéia dele.

– Talvez ele mude de idéia – disse sério o velho. – Afinal, o casamento não é brincadeira. É um grande passo. Muitos homens ficam com medo.

– Bem – disse ela –, se ele quiser desistir é a hora de fazer isso.

Kerrigan girou a cabeça devagar e olhou para ela, que estava sorrindo para ele. Então virou-se com decisão e assinou o nome na certidão de casamento.

Depois pegou o papel, deu-o para o velho e disse:
– Tudo bem, vamos resolver isso logo. Onde está o anel?

O grego levou a mão ao bolso do roupão, tateou lá dentro por um instante e tirou um anel niquelado. Era grosso e tinha uma articulação que abria e fechava. Kerrigan olhou de perto e viu que era uma argola de fichário de folhas soltas.

– Pelo amor de Deus – disse ele. – Isso aqui não é um anel de casamento.

O velho deu de ombros.

– Foi o único que eu encontrei. – Ele olhou para Loretta e disse: – Depois ele compra um anel melhor para você. Esse aqui é só para a cerimônia.

Ele entregou o anel a Kerrigan, então abriu uma gaveta na mesa e pegou uma Bíblia. Enquanto folheava as páginas, disse:

– A cerimônia custa dois dólares e cinqüenta e dois centavos. Preço total. Dois dólares pelo casamento, cinqüenta centavos pela certidão. Pagamento adiantado, por favor.

Kerrigan franziu o cenho.

– Para que são os dois centavos?

– Cobro dois centavos pelo anel – disse o velho. Ele não tirava os olhos do texto impresso enquanto estendia a mão espalmada para pegar o dinheiro. Quando a grana estava em sua mão, afastou os olhos da Bíblia por tempo suficiente apenas para contar o dinheiro. Guardou as notas e moedas no bolso do roupão, segurou a Bíblia com mais firmeza e disse:

– Agora a noiva senta ao lado do noivo.

Três horas mais tarde, Kerrigan estava com a cabeça afundada no travesseiro. Os olhos estavam bem fechados, mas ele não estava dormindo. Estava tentando encontrar o caminho para sair de um estupor alcoólico. Parecia que tinha consumido uma quantidade excessiva de uísque, e agora seu cérebro estava cheio de montes de disquinhos que não paravam de girar. Seu crânio parecia inchado, várias vezes maior que o normal. Disse a si mesmo que estava em uma condição lastimável e se perguntou como diabos tinha ficado daquele jeito.

Implorou que sua mente começasse a funcionar, para dar a ele alguma informação em relação aos acontecimentos daquela noite, mas seus pensamentos seguiram cambaleando por um caminho traiçoeiro que não levava a lugar algum.

Aos poucos, o nevoeiro se dispersou um pouco, os discos começaram a girar mais devagar e ele percebeu que estava saindo daquele estado. Enquanto seu cérebro começava a funcionar, manteve os olhos fechados e dizia a si mesmo para não pensar naquilo agora, para nem olhar ao redor para saber onde estava. O que tinha de fazer era recorrer o caminho devagar, com muito cuidado, até chegar naquele momento.

Nas paredes de suas pálpebras fechadas havia uma luz, então elas se abriram e se transformaram em uma série de imagens que contavam a ele o que tinha acontecido. Viu-se botando o anel no dedo dela. Então surgiu o som e ele ouviu o velho dizer:

– Eu vos declaro marido e mulher.

Depois o velho disse a ele para beijá-la. Ela estava ali parada sorrindo, esperando pelo beijo.

– Vamos, beije a noiva – disse o grego.

Ele olhou para o velho e rosnou:

– Cuide da sua vida, droga.

Então ouviu-a dizer:

– Por favor, desculpe meu marido. Acho que ele está nervoso com alguma coisa.

O filme continuou. Ele se viu saindo da casa do velho grego e ouviu passos que o seguiam. Virou-se, olhou para ela e disse:

– Onde você quer ir?

Ela deu de ombros e murmurou:

– Você é quem sabe.

Então ele disse em voz alta:

– Acho que devíamos comemorar.

Ela deu de ombros outra vez, abriu um sorriso agradável e falou:

– O que você quiser, querido. – Então o sorriso desapareceu quando disse: – Você parece precisar de uma bebida.

Ele fechou os olhos e viu mais imagens. Estavam no carro descendo a Third Street, então passaram pela Fourth e chegaram na Vernon.

– Você precisa mesmo de uma bebida – disse ela. – Sei que precisa.

Então o MG estacionou em frente ao Dugan's Den e eles entraram no bar. O lugar agora estava vazio e Dugan se preparava para fechar. Loretta botou uma grana na mão de Dugan e Dugan colocou uma garrafa sobre o balcão. Ela serviu uísque nos copinhos, então ergueu o seu e propôs um brinde:

– Ao nosso casamento – disse ela.

Ele levantou o copo, olhou desalentado para a bebida âmbar, então jogou-a goela abaixo. Ela, então, pegou novamente a garrafa e tornou a encher os copinhos.

– Outro brinde – disse ela. – Ao meu marido.

Ele olhou para ela e murmurou:

– Vamos embora daqui. Não estou com vontade de beber.

Mas um minuto depois ele estava com o copo nos lábios, e logo estava à espera de que ele fosse novamente enchido.

Então o quadro ficou nublado. Eles estavam no bar, os copos foram cheios, esvaziados, e cheios outra vez. As coisas continuaram daquele jeito até que ele os viu caminhando para fora do Dugan's Den. Melhor, ela estava tentando mantê-lo de pé enquanto ele cambaleava na direção da porta. Depois ela o ajudou a entrar no carro e disse:

– Agora você está muito bêbado.

Ele estava de cabeça baixa. Tentou erguê-la para olhar para ela, mas não conseguiu. Também não conseguiu falar coisa alguma.

O quadro estava desaparecendo gradualmente, mas ele conseguiu obter uma vaga lembrança do carro parando, de cambalear e andar em ziguezague enquanto ela o ajudava a subir alguns degraus e entrar por uma porta. Ele não sabia em que quarto estava agora. Por uma fração de segundo, viu a imagem de Loretta sentada no sofá olhando para ele enquanto cambaleava através da sala. Então tudo ficou negro. Ele afundou mais a cabeça no travesseiro e pensou: "Que se dane, de manhã você descobre onde está". Mas então sentiu a mão em sua coxa.

"Meu Deus", pensou, "ela está na cama comigo."

Tentou se afastar da mão. Um braço o envolveu pela cintura e o puxou para perto da maciez quente de uma mulher.

– Vamos lá, acorde – disse a mulher. A voz dela estava lânguida. – Acorde – disse sonolenta.

Ele tentou se afastar outra vez, mas agora ela o apertava com mais força.

— Está me ouvindo? — A voz dela estava mais alta. — Falei para acordar.

— Não — resmungou ele.— Me solta.

— O quê? O que é isso?

— Está me ouvindo? Me solta. Volte a dormir.

— Você está brincando?

— Estou falando para me soltar. Fique do seu lado da cama.

— Está falando comigo? — Sua voz soava incrédula. — Qual o problema com você? Por que está vestido?

Ele franziu o cenho. Ou a voz dela tinha mudado ou a bebedeira dele o fez achar que era a voz de outra pessoa.

Ou talvez fosse mesmo a voz de outra pessoa.

A cabeça dele se mexeu no travesseiro e, bem devagar, ele se virou para ver o rosto dela. Enquanto se virava, os olhos se abriram, e ele viu a parede escura, o teto iluminado pelo luar, então a janela que mostrava a lua lá fora. A lua parecia um grande refletor que apontava para ele e sua companhia.

Estava olhando para ela.

Era sua madrasta.

Seus olhos estavam separados por apenas alguns centímetros e eles olhavam um para o outro como se não acreditassem no que viam. Lola estava completamente boquiaberta. Seus pulmões fizeram um barulho arrastado quando ela inalou ar.

Kerrigan gemeu sem som. Considerou seriamente a idéia de se tornar invisível.

Por um longo momento nenhum dos dois conseguiu se mexer. Eles apenas ficaram olhando um para o outro. Então, de repente, Lola o empurrou com violência e o jogou para fora da cama. Ele caiu no chão com um baque pesado. Por razões puramente práticas, decidiu ficar onde estava. Permaneceu ali e ouviu o barulho das molas da cama quando o grande peso de Lola deixou o colchão. Em seguida, sons rápidos e frenéticos quando ela começou a procurar algo para se cobrir.

Os sons continuaram enquanto ele ficou ali sentado no chão gemendo, suspirando e com a mão na cabeça. Ouviu o barulho da porta do armário, o farfalhar dos tecidos quando as roupas foram puxadas dos cabides. Agora estava meio sóbrio, e começou a estudar a possibilidade de uma saída rápida do quarto.

Mas antes que pudesse chegar a uma decisão, ouviu o barulho de um interruptor na parede e o quarto se iluminou. Ele piscou várias vezes, então olhou para o alto e viu a mulher grande que estava ali de pé vestindo um *peignoir*. Ela estava com as mãos nas cadeiras, os olhos um par de caldeiras ferventes.

– O que foi? – perguntou ela. – O que está acontecendo aqui?

Ele engasgou, engoliu em seco, tornou a engasgar e então disparou:

– Nada. Eu só cometi um erro.

Quando falou isso, percebeu como parecia estúpido e maluco. Piscou outra vez, olhando sem expressão para o rosto de sua madrasta. Mas ela estava olhando para a cama vazia, para o travesseiro que devia ter mostrado a ela o rosto de seu marido, mas mostrava apenas um ponto de interrogação.

– Onde ele está? – perguntou ela em voz alta. – Onde está seu pai?

Kerrigan se levantou do chão. Sentou-se na beira da cama, a cabeça entre as mãos. Tinha um palpite sobre onde estaria seu pai. Tom devia estar na casa de Rita Montanez.

Lola disse:

– Ele disse que precisava ir ao banheiro. – Ela apertou os olhos. – Vou dar uma olhada – murmurou de uma maneira soturna –, e é melhor que ele esteja lá.

Ela saiu do quarto. Kerrigan tateou em meio ao atordoamento de sua bebedeira e disse a si mesmo para fazer uma viagem rápida à casa de Rita e arrancar Tom de lá. Mas ao se levantar da cama, o chão pareceu se inclinar e ele teve dificuldades para se manter de pé.

E quando foi na direção da porta, o uísque em suas veias fez com que visse várias portas em vez de uma. Ainda estava tentando escolher a porta certa quando Lola voltou para o quarto.

– Ele não está no banheiro – anunciou por entre lábios apertados. Ela olhou para Kerrigan e disse em tom de acusação: – O que vocês dois estão aprontando?

Ele sentou bem devagar e com cuidado em uma cadeira que não existia. Caiu no chão outra vez, se perguntando o que tinha acontecido com a cadeira.

Lola o estudou por um longo instante.

– Quantos litros você bebeu?

Ele deu de ombros com uma certa tristeza.

– Não muito. Acho que eu não tenho muita resistência.

– Pro inferno que não tem resistência. Você está com cara de quem bebeu vários litros.

Ela o tomou pelos pulsos, levantou-o do chão e o colocou na cadeira que ele não fora capaz de encontrar.

– Então? – disse ela. – Eu preciso de informação. Onde ele está?

Kerrigan lançou um olhar apático para a mulher de Tom e disse:

– Talvez tenha ido dar uma volta.

– A essa hora da noite? Onde ele iria dar uma volta?

A névoa do uísque tornou a baixar. Kerrigan piscou várias vezes e disse:

– Talvez ele tenha se perdido. – Ele olhou com desejo para a cama e pensou em como seria agradável tornar a dormir.

Lola o estudou mais uma vez e viu que ele não tinha condições de dar respostas razoáveis. Fez um gesto de desgosto e deu as costas para ele.

De repente, ela estalou os dedos. Sua cabeça girou de um lado para outro enquanto ela examinava o quarto.

– É claro – disse ela. – As roupas dele não estão aqui.

Ela começou a respirar fundo. Estava perto de perder a calma em grande estilo.

Apesar da bebedeira, ele conseguiu dizer:

– Não adianta ficar com raiva por causa disso. Está uma noite quente à beça. Talvez ele tenha ido beber uma garrafa de cerveja. Para se refrescar.

– Eu é que vou refrescar ele – disse Lola. – Vou quebrar aquela droga de pescoço, é isso o que eu vou fazer.

Ela começou a andar pelo quarto, à procura de uma arma adequada. Kerrigan estremeceu quando a viu pegar um cinzeiro grande de vidro e sopesá-lo nas mãos. Aparentemente, não era pesado o suficiente. Ela o atirou no chão, correu até o armário aberto e tirou de lá um escovão grande. O lado útil do escovão tinha três centímetros de espessura de cerdas de metal e cinco de madeira.

Lola segurou firme o cabo do escovão. Segurou-o com as duas mãos, mirou no vazio e deu alguns golpes para testar. Então, querendo um alvo melhor, olhou ao redor em busca de algo sólido. Kerrigan ouviu passos no corredor e pensou: "Daqui a pouco isto aqui vai pegar fogo".

A porta se abriu e Tom entrou. Um instante depois ouviu-se um som alto de pancada e Tom gritou:

– Ai!

Então houve mais gritos, mais pancadas, e muita atividade. Tom tentava correr em várias direções ao mesmo tempo. Ele colidiu com Kerrigan, perdeu o equilíbrio, cambaleou de lado e levou uma cacetada de Lola que o jogou para longe como um saco de areia. Tentou rastejar para baixo da cama, mas não havia espaço suficiente entre as molas e o chão. Era corpulento demais para se espremer ali. O lado chato do escovão o acertou e, em um esforço desesperado para escapar das pancadas, ele deu um impulso forte com os ombros e a cama ficou apenas sobre dois pés. Forçou outra vez e a cama caiu de lado. Lola continuou golpeando com o escovão e Tom pedia que ela esperasse um minuto para que eles pudessem conversar. A resposta de Lola foi outra pancada. O barulho pareceu o de um tiro de pistola. Tom olhou para Kerrigan e disse:

– Pelo amor de Deus, faça com que ela pare.

Kerrigan deu de ombros, como se dissesse que não havia como deter Lola depois que ela começava. Deu um sorriso estúpido, bêbado, e então foi na direção da porta. Mas eram várias portas, outra vez, e parecia que o teto estava caindo. Ele não conseguia se manter de pé. O chão subiu e bateu em sua cara. O sorriso confuso permaneceu em seus lábios enquanto ele ouvia a confusão que prosseguia. De alguma forma, o barulho da violência foi suavizado em seu cérebro afogado em uísque. Era estranhamente suave, como uma canção de ninar. Por um instante vago ele tentou entender. Mas a sensação era tão agradável, tão confortante, que dizia a ele para dormir, apenas dormir. E enquanto a escuridão o abraçava, sentiu que, afinal de contas, não havia coisa alguma estranha naquilo. Era apenas o som da casa onde morava. Era como se estivesse voltando de uma viagem, e era bom estar em casa outra vez.

Capítulo 13

Na escuridão do sono de álcool, ele flutuou por um canal revestido de vidro com rótulos de garrafas de uísque nas paredes. Os rótulos eram multicoloridos e havia cores demais flutuando diante de seus olhos. Disse a si mesmo que parasse de olhar para os rótulos ou logo ficaria com dor de cabeça. Mas então o vidro se transformou em madeira e não havia mais canal nenhum, só o beco escuro e algum luar que revelava as paredes de barracos de madeira. Ele seguiu a trilha do luar que caía sobre o chão esburacado e viu as marcas de sangue seco.

– Droga – disse ele acordando.

Sentiu um travesseiro sob sua cabeça e ouviu a respiração de alguém ao seu lado. Antes de olhar para ver quem era, sentou-se, resmungando e com a cabeça entre as mãos, e desejou ter um saco de gelo. Piscou com força várias vezes e, de repente, seus olhos estavam bem abertos quando percebeu que aquele era o quarto de Bella.

Sua cabeça virou devagar. Ele olhou para Bella, que dormia profundamente. Estava muito quente e úmido no quarto, e ela estava completamente nua.

A janela mostrava o rosa-acinzentado do amanhecer. Os ponteiros do despertador sobre a penteadeira marcavam 4h45. Disse a si mesmo para sair da cama e ir para seu próprio quarto. Olhou para si mesmo e viu que estava apenas de cuecas. Deu uma olhada pelo chão, à procura de suas roupas, e viu a camisa, as calças e o paletó jogados displicentemente sobre uma cadeira. O vestido de Bella estava no topo da pilha.

Ele se moveu com cuidado, tentando não fazer barulho. Saiu da cama e foi até a cadeira. Parecia que estava sendo esmagado por uma tonelada de rocha que pressionava seu crânio. Enquanto procurava as roupas, tropeçou, bateu na cadeira, derrubou-a e caiu com ela no chão.

Praguejou em silêncio enquanto se levantava bem devagar. Então caminhou trôpego na direção da porta com os sapatos em uma das mãos, a camisa na outra e a calça e o paletó pendurados no braço.

Estava apenas a um passo da porta quando ouviu a voz de Bella.

– Onde você pensa que vai?

– Eu tenho minha própria cama.

– É mesmo?

– É – disse ele. Tateou à procura da maçaneta da porta e fechou a mão em torno dela.

– Escute aqui, seu safado – disse Bella. Ela tinha levantado na cama e estava indo em sua direção. Deu-lhe um empurrão que o afastou da porta, apontou para a cama e disse: – Volte já pra lá.

– Está falando comigo?

Ela apoiou o peso em uma das pernas e levou uma mão à cadeira. Então, inclinando-se um pouco, para bloquear o caminho dele até a porta, disse:

– É melhor você ficar bem à vontade. A gente precisa discutir umas coisas.

– Agora não – disse ele.

– Agora mesmo. – Os olhos dela o desafiavam a fazer um movimento na direção da porta. – Vamos resolver isso aqui e agora.

– Pelo amor de Deus. – Ele apontou para o despertador. – Olhe só que horas são. Eu preciso dormir um pouco. Tenho que me livrar desta ressaca.

– É sobre isso que eu quero falar – disse ela. – Como você se embebedou ontem à noite?

Ele não respondeu. Largou os sapatos no chão, jogou as roupas para o lado e andou devagar até a cama. Quando sentou na beira do colchão, suas mãos estavam fortemente apertadas contra as têmporas, como se estivesse tentando espremer o uísque para fora de seu cérebro.

Bella deu a volta na cama e ficou de frente para ele.

– Sei que você não é de beber muito – disse ela. – Deve ter tido um bom motivo para se embebedar. Vamos lá, desembucha. O que aconteceu ontem à noite?

– Nada.

– Aposto que aconteceu alguma coisa. – Ela riu com desdém. Então, seus olhos se apertaram. – Eu encontrei você esticado no chão no corredor em frente ao quarto de Lola. Você estava duro como pedra.

– E daí?

– Isso me deixou curiosa. Você não ia encher a cara desse jeito se não estivesse com alguma coisa na cabeça. Alguma coisa que estivesse incomodando muito.

Ele olhou para ela.

– Por que você acha isso?

– Eu sei, só isso. Conheço você.

Os olhos dele não tinham expressão e olhavam fixamente para um ponto além dela.

– Você pensa que me conhece.

Ela ficou ali de pé, estudando seu rosto, e disse:

– Eu me dei o trabalho de arrastar você até aqui, tirar suas roupas e botar você na cama.

– Obrigado – disse ele irritado. – Muito obrigado.

– Não fiz isso pela sua gratidão. Fiz para estar perto de você quando acordasse. Temos algumas coisas para conversar. Quero saber o que está acontecendo. Tenho o direito de saber.

Ele franziu o cenho para ela.

– Você tem é muita cara-de-pau, isso é o que você tem. Não pedi a você para me trazer para este quarto.

– Não é a primeira vez que vem aqui. Já esteve neste quarto várias vezes. Mais do que consigo contar. E eu nunca arrastei ninguém para dentro. Você sempre veio usando os dois pés.

Ele respirou fundo. Tentou se levantar da cama, mas ela o empurrou de volta. Empurrou com tanta força que ele quicou no colchão. Tentou levantar novamente e foi novamente empurrado, dessa vez com mais força. Ele caiu com a cabeça no travesseiro. Pareceu que tinha sido acertado na cabeça com um ferro. Disse a si mesmo para fechar os olhos e dormir. Seu cérebro entorpecido falou: "Deixe ela pra lá, deixe tudo pra lá e durma".

Mas então ela inclinou-se sobre ele, sacudiu-o e disse:

– Vamos, acorde!

– Droga, me deixe em paz.

Ele fechou bem os olhos e tentou virar de lado, mas ela puxou-o pelo ombro e o impediu. Ele resmungou, praguejou e tentou empurrá-la às cegas para longe. Quando suas mãos entraram em contato com Bella, sentiu uma corrente elétrica entre os dois e desejou segurá-la, segurá-la com força, trazê-la para perto, encontrar seus lábios e provar sua boca. Mas então ouviu aquela voz silenciosa que dizia: "Não".

A tomada de consciência foi um golpe gelado que penetrou no calor de seus sentidos, por entre as névoas densas da ressaca. Ele se mexeu em espasmos até o outro lado da cama, então sentou-se ereto e a encarou. Seu olhar estava gelado quando disse:

– Fique longe de mim.

Ela ficou sentada ali do outro lado da cama em silêncio. Apenas olhava para ele.

— E vista algum coisa – disse ele.

Ela deu um sorriso.

— Isso incomoda você?

Ele apertou bem os lábios e virou a cabeça para não vê-la.

A voz dela foi um golpe leve, uma provocação.

— Isso excita você, não excita? Você não quer ficar excitado?

— Escute, Bella...

— O quê?

Mas não conseguiu passar daquele ponto e engoliu em seco.

— Vamos, estou escutando – disse ela.

Ele disse a si mesmo que, mais cedo ou mais tarde, teria de contar a ela. Podia ser agora, para resolver logo as coisas. Ficou com os olhos fechados por um instante e procurou encontrar as palavras. Então, olhando para a frente, para a parede do outro lado do quarto, falou:

— Está tudo acabado. Temos que nos separar.

Ele esperou que ela dissesse algo.

Longos momentos se passaram. O quarto estava em silêncio absoluto.

Ele continuou olhando para a parede em frente. Finalmente disse:

— Ontem à noite eu me casei.

— Você o quê?

— Eu me casei.

— Você está brincando?

— Não.

Fez-se outra pausa longa. Quando ela tornou a falar, sua voz soou estranha, como se estivesse estrangulada.

— Onde você fez isso?

— Na casa do grego – disse ele. Falava em um tom

inexpressivo. – Comprei uma certidão. Ela assinou o nome. Eu também assinei. E botei um anel no dedo dela.

– Aquela garota que vi com você? Aquela dondoca de Uptown?

– É – ele deu um suspiro pesado. Ele se perguntou se havia mais alguma coisa a falar e ouviu a voz de Bella dizer.

– Me conte como foi.
– Aconteceu, só isso. Simplesmente aconteceu.
– Você sabe o que está dizendo?

Ele balançou a cabeça outra vez.

– Talvez eu esteja ficando maluca. Talvez esteja ouvindo coisas. – Ela se levantou. Sentou. Tornou a levantar. Começou a andar perto da cama de um lado para outro. Finalmente parou, e segurou a cabeceira com as duas mãos, como se procurasse se equilibrar. Depois, mordendo os lábios, os olhos bem fechados, emitiu um som, como se estivesse sentindo uma dor física muito forte.

Ele esfregou os nós dos dedos na fronte. Perguntou-se o que fazia com que ficasse naquele quarto quando tinha tantos motivos para ir embora.

– Não posso acreditar – disse Bella em voz alta para si mesma. – Simplesmente não é possível. – Então seu tom mudou, e sua voz passou a carregar um apelo. – Você sabia o que estava fazendo? Não podia saber. Afinal, estava bêbado.

– Não – disse ele com rispidez. – Eu fiquei bêbado depois.

– Com ela?
– É – disse ele. – Estávamos comemorando.
– Onde? – Suas mãos apertaram a cabeceira da cama.
– Qual a diferença?
– Estou perguntando uma coisa a você. Onde vocês foram comemorar? Foi em um quarto de hotel?

Ele sacudiu a cabeça e suspirou profundamente outra vez.

– Fomos ao Dugan's Den.

– E depois foram para onde?

Ele apertou os dentes.

– Tudo bem – murmurou. – Vamos parar com as perguntas.

– Você fique aí sentado e continue a responder. Vai me contar aonde foi depois que saiu do Dugan's Den.

Ele virou-se e olhou para ela de cara fechada.

– Onde você está querendo chegar?

Ela não estava olhando para ele. Sua voz era um sussurro rouco e retorcido.

– Você sabe onde quero chegar. Você já me falou da certidão e do anel. E da comemoração. Agora quero ouvir o resto. Quero saber tudo sobre a noite de núpcias.

Ele apontou a cara fechada para o chão.

– Não fizemos nada, se é isso o que você quer saber.

Ela soltou a cabeceira da cama. Inspirou e respirou e aquilo foi quase um suspiro de alívio. Os cantos de sua boca se ergueram só um pouquinho, começando a dar forma a um sorriso.

Kerrigan continuou de cara fechada. Ele se ouviu dizer:

– Foi assim: saímos do Dugan's e o carro dela estava estacionado em frente e nós entramos. Ela me trouxe até aqui e me ajudou a entrar em casa. Aí ela ficou sentada no sofá e eu continuei andando sem rumo, sem saber aonde estava indo. Eu segui pelo corredor, me confundi com os quartos e acabei deitando na cama errada.

– Você não estava tão confuso assim – disse Bella, o sorriso brilhando intensamente em seus olhos. – Você foi para a cama certa. Você está nela, agora.

Ele olhou bem para ela, que estava andando em sua direção. Disse a si mesmo para se levantar, mas por algum motivo não conseguiu mover as pernas. A imagem de Bella se aproximando parecia a de uma parede que o esmagava.

– Você não está vendo? – disse ela. – Ontem à noite foi só uma piada, não era de verdade e você sabe disso. Não importa o que quer que tenha levado você a fazer aquilo, não tem importância. A única coisa que importa é que você está aqui comigo.

– Não – disse ele. – Não.

O sorriso dela se abriu e se iluminou.

– Você não quer dizer isso. Quer dizer sim – disse ela.

– Espere aí. – A mão dele estava erguida, dizendo a ela para se afastar.

Ela se jogou sobre ele, envolvendo-o pela cintura com os braços. Ele caiu para trás com o peso. Os olhos dela estavam ardentes e seus lábios encontraram a boca dele, que sentiu uma chama queimar dentro de seu corpo, as chamas rubro-negras que giravam e subiam em grandes círculos, e ele a apertou com força, o coração pulsando. Mas então ouviu a voz silenciosa de seu cérebro dizer: "Idiota, você está caindo em uma armadilha, fuja, fuja".

Tentou empurrá-la para longe. Ela não o soltou. Segurou os pulsos dela e girou com firmeza, então empurrou-a com força e a jogou no chão. Levantou-se depressa, atravessou o quarto com rapidez, pegou os sapatos, a camisa, o paletó e as calças. Foi até a porta, então parou abruptamente e olhou para ela.

– Eu devia quebrar a sua cara por tentar um truque desses – disse ele.

Ela pareceu falar com a cama.

– Bem, eu tentei.

– Ah, tentou mesmo. Viu só o que conseguiu com isso? Tem sorte de eu não ter quebrado a sua cara.

Ela olhou para ele.

– Ainda estou aqui, se estiver com vontade, pode me bater.

– Não vale o esforço – retrucou, então se preparou, esperando que ela pulasse sobre ele com as unhas em garras.

Ela não se mexeu por alguns momentos. Então, bem devagar, levantou-se do chão, atravessou o quarto, pegou um robe e o vestiu. Observou-a enfiar a mão no bolso, tirar um maço de cigarros e uma caixa de fósforos. A voz dela estava estranhamente calma e ponderada.

– Quer um?

Ele sacudiu a cabeça. Os olhos estavam vazios, intrigados.

Ela estava acendendo o cigarro.

– Tem certeza que não quer um?

Ele respirou fundo.

– A única coisa que quero de você é que entenda de uma vez. De agora em diante, você vai me deixar em paz. Tem que botar na sua cabeça que sou um homem casado.

– Por falar nisso – murmurou ela, sem parecer dar muita importância –, onde está ela?

Ele piscou algumas vezes.

Ela deu um trago relaxado e sem pressa no cigarro.

– Então? – Ela observou a fumaça se afastar de seus lábios. – Vamos, conte. Onde está a noiva?

Sua boca estava aberta e ele não parava de piscar.

– Eu digo onde ela está – falou Bella. – Está dormindo como uma pedra em uma cama limpa e confortável. Em uma casa limpa e confortável. Em um bairro respeitável.

Ele engoliu em seco. Não tinha o que dizer.

– É claro que ela não ia ficar aqui – disse Bella. – Seria louca se passasse a noite nesta pocilga.

– Está bem – murmurou ele. – Chega.

Bella olhou para o cigarro que estava meio solto entre seus dedos e falou para ele:

– Claro, a noiva fugiu. E quem pode culpá-la? O noivo traz ela para uma casa com as paredes descascando, móveis caindo aos pedaços e montes de garrafas de cerveja vazias espalhadas pelo chão. Nem acredito que ela tenha sentado no sofá. Esta tarde ela vai levar o vestido para a lavanderia, pode apostar, é pule de dez. Tem outra coisa que ela vai fazer. Vai ao salão lavar o cabelo, com xampu extra para garantir. Afinal de contas, nunca se pode ficar tranqüilo nesses buracos da Vernon, você pode pegar qualquer coisa. O que ela devia fazer era tomar um banho de DDT.

– Cala a boca – disse ele. – É melhor você calar a boca.

Bella deu de ombros.

– Bem, de qualquer jeito, ela agora está respirando melhor. O ar mais limpo e mais fresco lá de Uptown.

Ele ficou imóvel. O silêncio no quarto estava insuportável, e sabia que tinha de dizer algo. Sua boca estava tensa quando falou:

– Você não está entendendo. Ela só foi para casa. Não me largou.

– Não é isso o que estou dizendo. – Bella falava com calma, mas agora o cigarro tremia entre seus dedos. – Não entende o que estou tentando dizer a você? Não importa o quanto queira você. Ela não vai conseguir largar Uptown. E você também não consegue sair daqui, não mesmo.

– Não consigo? – O olhar dele dirigiu-se para além

de Bella, para além das paredes, além dos telhados da Vernon e do céu. – Só preciso do dinheiro da passagem de bonde. Só quinze centavos.

O cigarro quebrou no meio. A parte acesa caiu no chão e queimou o carpete. Bella pisou na guimba acesa. Olhou para as cinzas espalhadas. Estava soluçando em silêncio quando disse:

– Não jogue seu dinheiro fora. Vai desperdiçar quinze centavos. Você não vai conseguir nada mais que dar um passeio.

– Vai ser mais que isso – disse ele. – Eu vou estar a caminho de algum lugar. – Então, como se Bella não estivesse no quarto, disse baixinho para si mesmo. – Ela está lá, esperando por mim.

– Trouxa – disse Bella. – Você é um trouxa, mesmo.

Ele olhou para ela.

– Vou embora esta noite – disse com um tom prático na voz. – Assim que eu chegar do trabalho. Diz para Lola que não precisa preparar o meu jantar. Vou estar com pressa.

Bella assentiu com a cabeça em silêncio e lançou um olhar vago para a porta atrás dele. Seus lábios se moveram de forma automática.

– Tudo bem, vou dizer a ela para não fazer o seu jantar.

Ele deu as costas para ela, abriu a porta e saiu do quarto.

Depois, em seu próprio quarto, começou a vestir as roupas de trabalho. Estava pensando: "Amanhã de manhã vai ser um quarto diferente, uma casa diferente, uma rua diferente. De agora em diante tudo vai ser diferente, vai ser melhor". Seu cérebro provava o sabor agradável de dizer adeus para todas as casas da Vernon, todos os rostos da Vernon.

Ouviu um barulho vindo da cama onde Frank dormia um sono intranqüilo. Virando de lado, rosnou e deixou escapar uma tosse seca. Frank ficou com o rosto virado para a janela e, quando a luz da manhã o atingiu, abriu os olhos. Viu Kerrigan sentado em uma cadeira perto da janela. Kerrigan tinha acabado de dar um laço no cadarço do sapato e estava sentado ereto.

Os olhos de Frank brilhavam. Sua boca começou a se contorcer. Levantou a cabeça do travesseiro, se apoiou nos cotovelos e disse:

– Pare de olhar para mim.

Kerrigan fez um gesto de enfado e contrariedade.

– Volte a dormir.

– Por que você continua olhando para mim?

– Pelo amor de Deus, pare com isso.

– Não posso parar – disse Frank. – Você continua fazendo a mesma coisa. Não me deixa em paz.

Kerrigan deu de ombros. Não adiantava insistir.

– Estou avisando – disse Frank. – É melhor parar de olhar para mim.

Ele disse a si mesmo para não esquentar e falou com calma e em voz baixa:

– Tudo bem, vamos parar com isso. Tenho outras coisas para me preocupar.

– Como o quê?

Ele deu um sorriso amistoso para seu irmão.

– Bem, finalmente consegui. Fui fisgado.

Frank piscou várias vezes.

– Sério?

Ele balançou a cabeça.

– Com certidão, anel, tudo o que tinha direito. Foi ontem à noite, no grego.

Frank sentou-se, com as pernas pendentes para fora da cama. Ele se inclinou para a frente, o corpo teso, seu torso magro inclinado como algo acionado por uma alavanca. Sua voz saiu vaga e metálica:

– Quem é ela?

– Você não conhece.

– Talvez conheça – disse Frank. – Qual o nome dela?

– Loretta.

– A loura?

Kerrigan se encolheu. Teve uma sensação estranha, como se estivesse preso à cadeira.

– A loura de olhos verdes? – perguntou Frank. – Aquele pitéu de Uptown?

Ele ficou ali sentado olhando para Frank.

– Claro que eu conheço – disse Frank.

– Como assim, você conhece ela?

Os lábios de Frank se entreabriram, os cantos de sua boca se retorceram e revelaram os dentes amarelados. Ele nada disse.

Kerrigan tentou se levantar da cadeira. Não conseguiu se mexer e disse bem devagar:

– Seja lá o que está na sua cabeça, não segure, conte logo.

O sorriso e os dentes permaneceram no rosto de Frank. Estava olhando além de Kerrigan.

– Eu já a vi no Dugan's Den – disse Frank. – Várias vezes. Uma noite ela me pagou uma bebida. A gente conversou. Ficamos no bar, ela me pagou mais bebidas e a gente ficou conversando.

– Sobre o quê?

– Não lembro – disse Frank. O sorriso se abriu. – Só me lembro de olhar para ela e pensar que ela me lembrava alguém.

– Quem? – Kerrigan falou abruptamente, quase gritando.

Mas Frank não pareceu ouvir.

– Não era o rosto nem o corpo. Também não eram os olhos. Era mais a sensação que você tem quando está em um quarto que parece diferente, mas de alguma forma você sabe que já esteve ali antes. Não sabe exatamente por que, mas sabe que é o mesmo. É isso o que eu mais me lembro, essa sensação. Foi meio estranho. Me deixou meio assustado. Mas não importa. Gosto de me sentir assustado. É bom quando começo a tremer. Então a gente ficou ali no bar, eu estava tremendo e a sensação era ótima. Quando ela foi embora, contei até dez e fui atrás dela.

– Você fez o quê?

– Fui atrás dela – disse Frank, dirigindo-se para a parede.

– Ela estava sozinha?

A cabeça de Frank se mexeu em espasmos para cima e para baixo.

– Ela tinha ido ao Dugan's pegar o irmão, aquele janota. Mas ele não queria ir embora e disse a ela para ir para casa sozinha. Na rua, vi quando estava indo para aquele carrinho que ela dirige. O modelo cinza de rodas com raios cromados. Ele estava estacionado do outro lado da Vernon, no meio do quarteirão. Todas as outras vagas estavam ocupadas por caminhões, então ela teve que andar um pouco para chegar até o carro. Aquilo me deu tempo o bastante para segui-la. Eu estava tremendo bastante, estava bom, gostoso e frio. Ela parecia tão magra, arrumada, cheirosa, limpa, reluzente. E eu já tinha vivido aquilo antes, com aquela mesma lua, a mesma rua... Tudo era igual, menos uma coisa. O nome. Não era Loretta.

Para Kerrigan, parecia que as paredes estavam se liquefazendo, formando ondas que se jogavam em sua direção. Ele implorou a si mesmo que se levantasse da cadeira e corresse daquele quarto. Mas não conseguiu se mexer e ouviu sua própria voz dizer:

– Tudo bem, você observou enquanto ela andava até o carro. E depois?

– Nada – disse Frank. – Ela foi embora de carro.

– Você já fez isso antes, seguir mulheres pela rua?

Frank não respondeu.

– Conta para mim – disse Kerrigan. Ele se levantou da cadeira, foi até a cama e segurou os ombros de Frank. – Você tem que me contar.

– Contar o quê? – Frank soltou uma risada silenciosa. – Alguma coisa que você já sabe?

Ele deixou as mãos caírem sobre os joelhos e afastou-se de Frank, os olhos cravados no rosto do irmão. Mas ainda assim sua visão interior não mostrava qualquer rosto. Mostrava só um beco escuro, com a luz do luar caindo e reluzindo sobre manchas de sangue seco.

Capítulo 14

Ele deu as costas para Frank, saiu correndo do quarto e deixou a casa. Estava fazendo um grande esforço para não pensar no irmão. Queria enfiar os dedos dentro de sua mente para arrancá-lo de lá.

Na Vernon Street, enquanto caminhava na direção da Wharf, viu a fileira de barracos de madeira que a margeava, entre a Third e a Fourth, e achou que talvez, afinal de contas, fosse Mooney, ou talvez Nick Andros. Apertou o passo e viu mais barracos de madeira e as fachadas aos pedaços dos cortiços enquanto murmurava sem som: "Só tem gente estranha vivendo nesses buracos". Drogados, bêbados e todo tipo de tarados... Pode ter sido qualquer um deles, e talvez você nunca saiba ao certo quem foi. Insistiu consigo mesmo para deixar para lá. Era melhor enterrar e esquecer aquilo. Mas seu rosto estava triste e sua respiração pesada, e ele ainda estava pensando em Frank.

Horas mais tarde, quando carregava caixotes no píer 17, não sentia o peso das caixas pesadas que forçavam seu braço e comprimiam sua espinha. A única pressão que sentia estava dentro de sua cabeça. Não conseguia parar de pensar em Frank.

Às quatro da tarde, o céu começou a escurecer e o rio assumiu um brilho metálico. Nuvens negras chegavam e lançavam sombras sobre os molhes, os armazéns e a rua que seguia as docas. Às cinco e quinze, quando alguns estivadores começavam a deixar o trabalho e ir para casa, um trovão cortou o ar. Chefes e capatazes do píer gritavam ordens exaltadas. Então ela despencou com toda a força. Parecia que um lago estava caindo do céu.

Os píeres ficaram desertos e logo as ruas também estavam vazias. Não havia qualquer atividade humana. Havia apenas a escuridão, o ribombar dos trovões e a cascata incessante de chuva. O rio estava agitado com ondulações de cristas esbranquiçadas, e ondas raivosas batiam contra os pilares dos píeres.

Praguejando e molhado até os ossos, Kerrigan encolhia-se sob a pequena cobertura de uma plataforma de carga. Tentou a porta grande do armazém, mas estava trancada. Tudo o que pôde fazer foi encostar-se contra ela e tentar não ficar mais molhado do que já estava.

Olhou além dos poucos metros de um píer de madeira, onde as tábuas davam lugar a uma nova plataforma de concreto. Através da parede de chuva que caía, viu a espuma enfurecida do rio e sentiu a vibração do píer provocada pelo bater das ondas contra suas colunas. Praguejou baixinho e disse a si mesmo que era uma tempestade vinda de nordeste, que iria durar horas e horas, talvez dias. Resolveu tentar a sorte e correr para casa. Tomou posição e se preparou para pular da plataforma e seguir em linha reta até a Vernon.

Então, naquele instante ouviu um leve estalido às suas costas. Alguém tinha destrancado a porta grande. Disse a si mesmo que tinha sido visto através da janela e alguma alma caridosa o estava convidando a entrar e se secar.

Girou a maçaneta e empurrou a porta grande e pesada, que se abriu bem devagar para dentro. Ao entrar no armazém, viu que não havia lâmpadas acesas e franziu o cenho intrigado enquanto tateava tentando encontrar o caminho à sua frente.

– Tem alguém aí? – gritou.

Não houve resposta. O único som era o rugido surdo da tempestade lá fora.

A expressão intrigada acentuou-se. Deu mais alguns passos, bateu em um barril, deu a volta nele e continuou em frente. Quase nenhuma luz entrava pela porta parcialmente aberta que dava para a plataforma de carga, e agora ele andava em meio à escuridão quase completa.

Achou que a porta devia ter sido aberta por algum bêbado que tinha ficado sóbrio por tempo suficiente apenas para lhe fazer um favor e tinha voltado para seu sono alcoólico.

Sua mão tocou a beira de uma caixa grande. Sentou-se sobre ela e desejou ter uma caixa de fósforos e um maço de cigarros. Por alguns instantes, brincou com a idéia de dar o fora dali. Mas o ar no armazém estava quente, de certa forma confortável, e muito mais seco que lá fora. Achou que talvez fosse melhor ficar ali sentado por um tempo.

Mas então, ele pensou, a tempestade provavelmente iria piorar e durar por horas, e ele estava com muita fome, e ficando cada vez mais faminto. E restava o problema do amor.

– Que se dane – resmungou em voz alta, e virou a cabeça à procura da coluna de luz cinza que lhe revelaria a saída.

Tudo o que viu foi a escuridão e os pequenos retângulos indistintos das janelinhas. As janelas ficavam muito altas, isso era um problema. O outro era o fato de que eram feitas de vidro e telas de arame e ia dar muito trabalho arrebentá-las.

Mas ele não estava pensando muito naquilo. Estava concentrado na porta, dizendo a si mesmo que a deixara aberta e, agora, ela estava fechada.

Contraiu os lábios enquanto pensava: "Quem quer que tenha me deixado entrar, está fazendo tudo para se assegurar de que eu não saia".

No mesmo instante, ouviu passos.

Os sons vinham das suas costas. Sabia que se virasse a cabeça veria quem era. Seus olhos tinham se acostumado à escuridão e as janelas proporcionavam luz suficiente para reconhecer um rosto. Mas no momento em que disse a si mesmo para se virar e olhar, seus instintos foram contra o impulso e ordenaram que ele se abaixasse e se esquivasse para evitar uma arma que não via.

Atirou-se para o lado e caiu da caixa. Um zumbido cortou o ar, e então ouviu-se o barulho de um porrete pesado, ou algo assim, batendo no tampo da caixa onde ele estava sentado. Estava de joelhos, agachado do lado da caixa, escutando com atenção à procura de um som que lhe indicasse a posição de seu agressor.

Escutou passos outra vez, e os ruídos misturados disseram que estava lidando com mais de uma pessoa.

Seu senso de cautela cedeu espaço para uma grande curiosidade. Ergueu a cabeça acima da beira da caixa e viu os homens. Havia dois deles. A luz cinzenta e fraca das janelas era justo o que ele precisava para avaliar o tamanho deles e estudar seus traços. A olhada inicial disse a ele que estava diante de problemas sérios. Era uma equipe de profissionais, dois rufiões das docas que cobravam um preço fixo para quebrar a cara de uma pessoa, valor que aumentava se fosse para remover um olho ou uma orelha. E se o cliente estivesse disposto a pagar o preço, eles faziam o serviço completo e usavam o rio para esconder todos os indícios do que tinham feito. A reputação profissional deles era excelente. Nunca tiveram um cliente insatisfeito.

Kerrigan podia ver seus ombros largos, a grossura de seus braços e pulsos. Carregavam porretes de madeira e usavam socos-ingleses de metal.

Agora não vinha som do outro lado da caixa. Eles não estavam com pressa, como se estivessem enviando uma mensagem silenciosa que dizia a ele que estava onde os dois queriam que estivesse e iriam esperar até que fizesse um movimento.

Mordeu os lábios e se perguntou o que podia fazer. Olhou pelo chão ao redor, mas não encontrou nada, não havia sinal de arma ou munição. Praguejou em silêncio. O que quer que esses homens estivessem planejando, qualquer que fosse o estrago que pensassem em fazer, tinham planejado tudo com cuidado. Sabia que fora seguido por eles desde o píer 17, e a tempestade os ajudara em seu plano para encurralá-lo. Mas, com ou sem tempestade, eles o teriam encurralado. Teriam esperado por um momento e um local convenientes. Parecia que eles o haviam seguido até o armazém, olharam pela janela para se assegurar de que estava deserto e então encontraram uma entrada. Eles o observaram ficar ensopado lá fora na chuva, então tudo ficou fácil. Simplesmente destrancaram a porta para que ele soubesse que era bem-vindo ali dentro, onde estava seco e quente. Era um favor amistoso e ele devia agradecer-lhes. Devia dizer a eles o quanto apreciava sua gentileza.

Havia um metro e meio de caixa de madeira entre ele e os dois sujeitos, seus porretes e seus socos-ingleses.

Um dos homens estava sorrindo para ele.

O outro homem, um pouco mais baixo e mais largo que seu parceiro, inclinou-se um pouco para a frente e disse:

– Está pronto? Está pronto para apanhar?

– Ele parece pronto – disse o mais alto.

Os dois falaram baixo, mas suas vozes destacavam-se contra o ribombar da tempestade lá fora. Seus olhos, na sombra, eram como pontinhos de luz verde e amarela, e havia o reflexo reluzente do metal dos socos-ingleses, o brilho refletido nos porretes grossos de madeira redonda.

Então surgiu outra coisa, outro brilho que fez com que Kerrigan olhasse para baixo. Viu o brilho da alça presa à caixa.

O homem baixo e forte disse:

– Vamos ver se ele está pronto.

– Está bem – disse o outro. – Vamos pegar ele.

Kerrigan agarrou bem a alça com as duas mãos e, com toda a sua força, puxou a caixa para cima e a empurrou. A caixa levantou-se e foi lançada para a frente praticamente no mesmo instante. Era quase tão pesada quanto grande, e ele ouviu o ruído surdo e alto de seu impacto contra os homens. Houve outro baque e ele soube que um dos homens tinha sido derrubado. Ainda estava empurrando a caixa e não parou de empurrar até que ela tombou sobre o homem caído. Houve o som de algo sendo esmagado e o homem caído começou a gritar e a se agitar para sair de baixo da caixa, sem conseguir.

O homem baixo e largo tinha pulado para trás e parecia estar decidindo se ajudava seu parceiro ou atacava Kerrigan. Antes que ele tivesse uma chance de chegar a uma conclusão, Kerrigan o atacou, abaixado, acertando seus joelhos com o ombro e o derrubando no chão.

Quando os dois bateram no chão, o homem baixo usou o porrete nas costelas de Kerrigan. Kerrigan soltou um grito de dor animal, e o homem o acertou outra vez no mesmo lugar. A dor parecia queimá-lo por dentro, e queimou ainda mais quando levou outro golpe do porrete. Ele rolou para o lado e conseguiu evitar um golpe que quase o acertou na cabeça. O homem pulou sobre ele e o chutou no mesmo ponto onde o atingira com o porrete, então tentou virá-lo, empurrando-o com força com o pé para tentar colocá-lo de costas. Quando ele se virou, olhou para cima e viu que o porrete estava novamente erguido. O mais baixo da dupla tinha uma expressão profissional e estava mirando com cuidado, os olhos fixos na pélvis de Kerrigan.

Então o porrete desceu. Kerrigan levantou as duas pernas e recebeu o golpe na coxa. No mesmo instante, tentou agarrar o porrete. Não conseguiu, tentou de novo sem sucesso e o porrete bateu no seu braço. Mas agora ele não estava sentindo a dor. Levantou-se sem pensar no porrete ou no soco-inglês de metal. Andou na direção do baixinho forte e fingiu que ia soltar uma esquerda. O porrete desceu com rapidez. Ele se esquivou para o lado, reduziu a distância e mandou uma direita certeira no queixo do sujeito, que cambaleou para trás e largou o porrete. Kerrigan continuou a avançar, mandou um gancho de esquerda contra a cabeça, então se afastou um pouco e lançou uma direita poderosa que levantou o sujeito do chão e o jogou longe, de costas no chão.

Kerrigan continuou a avançar. O sujeito estava tentando ficar de pé. Kerrigan chutou a cabeça dele e o derrubou de novo. O cara estava ofegante quando levou outro chute. Kerrigan abaixou-se, ergueu-o sobre os joelhos e o acertou na boca.

O sujeito gritou e, desesperado, tentou correr até a porta da plataforma de carga. Seguiu apressado pelo caminho cercado de caixotes e barris. Fez uma tentativa desesperada de escapar. Encontrou a porta, abriu-a e saiu na plataforma molhada pela chuva.

Mas no instante seguinte estava no chão, com Kerrigan sobre ele. Os olhos de Kerrigan, agora, estavam tranqüilos. Estava pensando apenas em termos práticos. Sabia que só havia uma maneira de lidar com aqueles capangas profissionais. Pensou: ponha-o a nocaute e depois faça-o falar.

Estava com um braço em torno do pescoço do sujeito. O outro braço foi para trás e arremessou-se em um soco no rim que fez o sujeito gritar de novo. Socou-o de novo no rim com tanta força que os dois caíram da plataforma de carga sobre as tábuas do píer. Quando bateram no chão, o homem fez um esforço desesperado para se soltar e golpeou o estômago de Kerrigan com o ombro. Kerrigan deu um gemido, caiu e viu o homem correr sobre as tábuas até alcançar o concreto da plataforma que ficava na beira do píer.

Mas estava chovendo demais. Forte demais. E o homem mal podia ver para onde ia. A rua pavimentada era um caminho enevoado e escorregadio, que a espuma das grandes ondas que batiam contra o píer deixava muito traiçoeiro. O homem mal tinha dado alguns passos quando perdeu o equilíbrio. Kerrigan correu e pulou em sua direção, numa tentativa de agarrá-lo antes que ele caísse pela borda do píer. Não deu tempo. O sujeito caiu e mergulhou na água. A corrente furiosa o arrastou e o engoliu.

Kerrigan voltou para a plataforma de carga e entrou no armazém. Caminhou bem devagar. Estava cansado e fez uma careta quando sentiu a dor latejante em suas costelas e no estômago. Foi com passo arrastado até o lugar onde o outro homem ainda tentava sair de baixo da caixa pesada.

— Pelo amor de Deus — gemeu o homem. — Tire este troço de cima de mim.

Kerrigan deu um leve sorriso.

– Para que pressa?

– Está esmagando meu peito. Mal posso respirar.

– Você está respirando direitinho. E está falando. Por enquanto, é tudo o que a gente precisa.

O homem estava com um braço livre. Ele levou a mão aos olhos e soltou um gemido.

Kerrigan ajoelhou-se ao seu lado. Olhou de perto o rosto do sujeito e viu que estava muito pálido. Os olhos estavam vidrados e seus lábios tremiam de dor e súplica. Disse a si mesmo que, talvez, o peito do homem estivesse esmagado, e que talvez ele morresse. Decidiu que não dava a mínima para isso.

– Quem contratou você? – perguntou.

A resposta do sujeito foi outro gemido.

– Se você não falar – disse Kerrigan –, vai ficar aí embaixo dessa caixa.

Ele se levantou, virou-se para longe dos gemidos do homem esmagado. De frente para a porta aberta da plataforma de carga, ouviu o som do temporal. Parecia se misturar ao barulho do ciclone que rodopiava em sua mente.

Então ouviu o homem dizer:

– Foi uma mulher.

Depois disso, parecia não haver mais qualquer barulho. Apenas uma imobilidade congelada. Ele virou-se novamente, bem devagar, e olhou para o homem.

– Uma mulher – disse ele, que gemeu de novo e tossiu algumas vezes. Ele respirava com dificuldade. – Ela mora na Vernon Street. Acho que o nome dela é Bella.

– Bella – disse para si mesmo em voz alta. Então se abaixou e levantou a caixa pesada de cima do peito do sujeito. Ouviu seu suspiro de alívio, o som rouco do ar sugado para dentro dos pulmões torturados.

O sujeito rolou de lado. Tentou se levantar. Ficou de joelhos, sacudiu a cabeça devagar e balbuciou: – Isso não está legal. Estou todo quebrado. Você podia chamar os canas. Pelo menos eles vão me levar para um hospital.

– Você não precisa de hospital – disse Kerrigan. Segurou o sujeito pelas axilas e usou os braços como um gancho para erguê-lo do chão.

O homem se apoiou pesadamente contra ele e disse:

– Onde está meu parceiro?

– No rio – disse Kerrigan.

O homem se esqueceu da própria dor e fraqueza. Afastou-se de Kerrigan, os olhos baços com uma espécie de pesar embrutecido. Sacudiu a cabeça devagar e falou:

– Esses serviços não compensam. Não valem a pena. Estou todo arrebentado por dentro e ele virou comida de peixe. Tudo por míseras vinte pratas.

– Foi isso que ela pagou a vocês?

O homem balançou a cabeça.

Kerrigan apertou os olhos.

– Ela pagou adiantado?

– Pagou. – O homem levou a mão ao bolso das calças.

– Vamos ver – disse Kerrigan.

Eram duas notas de cinco e uma de dez. O homem deu as notas para ele, que as dobrou com cuidado.

– Tem certeza que ela não deu mais?

O homem tentou dar um sorriso.

– Se ela quisesse que a gente apagasse você, teria custado cem. Por esse tipo de serviço, dar uma surra em um sujeito, nunca cobramos mais de vinte.

– Preço de promoção – murmurou Kerrigan.

Ficaram em silêncio por alguns instantes, então o homem falou:

– Olhe aqui, moço, eu tenho ficha. Estou em condicional. Você me dá essa chance?

Kerrigan deu um sorriso seco.

– Tudo bem – falou e apontou para a porta.

– Obrigado – disse o homem. – Muito obrigado, moço.

Kerrigan o observou enquanto se afastava. Caminhava devagar. Sentia dor e deu uma parada na porta para dar um último aceno de gratidão. Então saiu mancando para a plataforma e desapareceu na tempestade.

Kerrigan olhou para o dinheiro dobrado que tinha nas mãos.

Capítulo 15

Apesar da ansiedade pelo confronto com Bella, ele atrasou de propósito a volta para casa. Por um lado, queria estar bem calmo quando a enfrentasse. Mas, mais importante, queria que a discussão fosse absolutamente particular. Entrou em um restaurante da Wharf Street, pediu uma refeição pesada, deu algumas garfadas e empurrou o prato para o lado. Ficou ali sentado, pediu incontáveis xícaras de café e encheu o cinzeiro de guimbas de cigarro. Então, mais tarde, caminhou pelo cais em meio à tempestade, encontrou um cinema de trinta centavos e comprou ingresso.

Quando o filme acabou, passava da meia-noite. A tempestade amainara e agora a chuva caía em um zumbido monótono. Ele não se importou em caminhar sob a chuva e seu andar estava bem tranqüilo quando rumava para o norte na Wharf Street. Mais tarde, porém, na Vernon, a ansiedade o atingiu outra vez, e ele apertou o passo.

Ao entrar em casa, conferiu logo todos os aposentos. Frank não estava em parte alguma, Tom e Lola estavam dormindo, e o quarto de Bella estava vazio. Entrou na sala escura, pegou uma cadeira que estava perto da janela e sentou ali no escuro para esperar por ela.

Às vezes Bella chegava em casa muito tarde. Talvez esta noite ela nem viesse para casa. Talvez estivesse num trem ou num ônibus, dizendo a si mesma que agora estava quite e o mais inteligente a fazer era sair da cidade.

Mas enquanto o pensamento corria por sua mente, ele viu Bella atravessar a Vernon na direção de casa. Ela andava de um jeito meio trôpego. Não estava bêbada, mas era evidente que tinha bebido.

Ele se afastou da janela. A porta se abriu e Bella entrou e se jogou no sofá, sem vê-lo na escuridão da sala. Mas pela janela entrava luz suficiente para que ele visse o que ela estava fazendo. A bolsa dela estava aberta. Ela pegou ali dentro um maço de cigarros. Botou um na boca e procurou os fósforos.

Kerrigan falou baixinho.

– Oi, Bella.

Ela deu um grito assustado.

– Sou eu, apenas eu – disse ele. Ligou o interruptor na parede e acendeu as lâmpadas do teto.

Bella ficou sentada imóvel. Prendia a respiração enquanto olhava para ele. Parecia que seus olhos iam saltar.

Kerrigan se aproximou dela. Tinha na mão uma cartela de fósforos. Acendeu um e levou a chama até o cigarro, mas ela não tragou. Manteve a chama ali até que, finalmente, ela deu um trago espasmódico. O corpo tremia quando a fumaça saiu de sua boca.

Apagou o fósforo com um sopro e o jogou em um cinzeiro. Então, bem devagar, como se estivesse procedendo a uma cerimônia muito bem ensaiada, levou a mão ao bolso das calças e pegou o dinheiro dobrado, as duas notas de cinco e a de dez. Desdobrou as notas e as alisou entre os dedos. Então estendeu-as devagar e segurou-as diante dos olhos arregalados dela.

Ela estava tentando desviar o olhar. Tentou olhar para o tapete, a parede, qualquer coisa, desde que não tivesse de olhar para a grana. Mas apesar de sua cabeça ter-se movido, seus olhos estavam presos ao dinheiro.

– Aqui – disse ele, oferecendo-o para ela. – É seu.

Esperou que ela pegasse as notas. Ela manteve as mãos abaixadas, os dedos agarrados à beira do sofá. A garganta se contraía como se ela estivesse tentando engolir algo muito grande e pesado.

Então, de repente, seus ombros caíram e ela baixou a cabeça.

– Ai, meu Deus – gemeu. – Ai, meu Deus.

Kerrigan botou as notas na bolsa aberta e disse:

– Não precisa ficar assim. Você não perdeu nada. Afinal, conseguiu seu dinheiro de volta.

Ela olhou para ele.

– Por que você não começa logo com isso?

– Isso o quê?

– Arrancar meus dentes. Quebrar meu pescoço.

Ele sacudiu a cabeça e falou:

– Acho que você já se machucou demais.

Ela deu uma tragada no cigarro. Então recostou-se pesadamente sobre a almofada do sofá. Olhou através dele e disse sem expressão:

– Como você conseguiu a grana?

Ele deu de ombros.

– Eu pedi.

Ela continuou olhando além dele.

– Eu devia ter adivinhado que eles iam estragar tudo. – Ficou calada por um bom tempo, então, como se estivesse muito cansada, fechou os olhos. – Tudo bem. Me conte o que aconteceu.

– Nada demais. Mas eles bem que tentaram. Chegaram bem perto de fazer por merecer o pagamento.

Ela olhou para as mãos dele. Os punhos estavam machucados. Balançou a cabeça devagar e disse:

– Deve ter sido uma festa e tanto.

– É – disse ele, seco. – Foi bem divertido.

– Eles apanharam muito?

– O suficiente para um final triste – disse ele. – Um deles vai ficar no estaleiro pelo menos por um mês. O outro, para sempre.

Ela deu outro trago no cigarro e ficou em silêncio.

– Na próxima vez que contratar gente para fazer esse tipo de serviço, não pague adiantado.

A fumaça saía bem devagar por entre os lábios dela. Seus olhos seguiam as espirais que se desfaziam quando falou:

– Não fui eu quem pagou a eles. E não foi idéia minha contratar os dois.

Ele segurou-a pelos ombros.

– Qual foi a jogada?

Os lábios dela estavam bem apertados e ela começou a sacudir a cabeça.

– Pára com isso – disse ele. – Você começou a me contar e agora vai terminar.

– Não posso.

– Mas vai. – Ele a agarrava pelos ombros como se fosse um torno. – Desde o princípio, eu não achei que fosse idéia sua. Parecia que havia alguém no meio que realmente fez o negócio. Isso faz todo o sentido. Tem alguém na área que sabe que estou procurando por ele. Sabe o que vai acontecer quando eu descobrir quem é e botar minhas mãos nele. Você sabe do que estou falando?

Bella piscou várias vezes. Sua boca se abriu, mas não emitiu qualquer som.

– Estou falando da minha irmã – disse ele. – Ela se matou porque foi seduzida e desonrada e acabou ficando louca. Quem quer que seja, sabe que eu vou procurar por ele até encontrar. Por isso não quer muito que eu continue circulando por aí. Está entendendo agora?

Ela parou de se contorcer e olhou direto para ele.

— O sujeito está nervoso — disse ele. — Está assustado. O que ele mais queria era me ver em um paletó de madeira. Mas qualquer coisa serve. Como pagar vinte dólares para me aleijar. Me tirar de campo para que ele possa ficar sossegado por um tempo. E é aí que você entra.

Ela fechou os olhos, apertando-os bem.

Ele continuou segurando-a apertado pelos ombros.

— Do jeito que eu vejo — disse ele —, você foi usada, fez papel de otária. O sujeito sabia que você estava com raiva de mim e se apresenta como um amigo que quer ajudar. Diz que tem um jeito de acertar as contas e, antes de perceber o que está fazendo, você dá os vinte dólares para ele. Não foi assim que aconteceu?

Ela balançou a cabeça, atordoada.

Kerrigan continuou:

— Ele dá o dinheiro para os dois sujeitos. Diz pra eles que a cliente é você. Isso faz com que seu nome fique de fora, em caso de alguma coisa dar errado. Enfim, pelo menos foi isso que ele achou. Mas você sabe o nome dele e eu estou aqui esperando que você abra a boca.

— Não — disse ela, com a voz embargada. — Não me obrigue a contar.

— Vamos lá — rosnou ele. Suas mãos apertaram mais os ombros dela.

Ela estremeceu. Os dedos dele queimavam sua carne e havia dor e medo em seus olhos. Mas aquilo nada tinha a ver com dor física. E parecia que havia mais medo por ele que por ela mesma.

Então, de repente, os olhos dela ficaram completamente vazios. A voz dela saiu sem qualquer inflexão:

— Foi Frank.

Caiu um silêncio na sala. Mas ele tinha a sensação de que tudo estava se movendo. Como um aposento sobre rodas que ia para longe de tudo e caía pela borda do mundo.

Soltou seus ombros, virou de costas para ela e ouviu a própria voz falar:

– Como se eu não soubesse.

Bella estava de cabeça baixa, o rosto escondido pelas mãos.

– Bem – disse ele. – Faz sentido. A única coisa de que ele precisava eram os vinte dólares. Nunca tem um centavo no bolso.

Ela disse em um sussurro entrecortado.

– Eu devia ter adivinhado o que ele estava querendo. Mas não estava conseguindo raciocinar direito. Estava meio maluca. Ou talvez completamente louca. Só queria machucar você.

– Ele sabia isso – disse Kerrigan. – Sabia que não ia ser difícil vender o peixe pra você.

Ela ficou quieta por alguns instantes, então, em um murmúrio rouco:

– Eu quase gastei mais que os vinte.

– Ele pediu mais?

– Queria que eu gastasse cem.

Ele se virou e olhou para ela.

– Por que você não gastou?

Bella olhou para o carpete.

– Eu não tinha.

– Ele contou a você o que estaria comprando com os cem dólares?

– Ele disse que cem dólares eram suficientes para mandar você para o cemitério.

Kerrigan inspirou lentamente. Pensou: "Isso é pior que um cemitério, pior que o inferno".

Então, aos poucos, sua boca retesou-se. Seus braços estavam tensionados ao lado de seu corpo.

– Tudo bem – falou. – Onde ele está?

Ela levantou a cabeça, olhou para ele e viu algo em seus olhos que a deixou gelada.

– Não precisa me contar – disse ele. – Eu vou encontrá-lo.

Foi até a porta e estava com a mão na maçaneta quando Bella pulou do sofá, correu até ele e agarrou seus braços.

– Não – gritou ela. – Não faça isso.

– Me larga.

– Por favor, não – implorou. – Espere um pouco aqui. Pense bem.

Ele tentou se soltar dela.

– Já falei para me largar.

Ela estava usando toda a sua força para mantê-lo longe da porta.

– Não vou deixar – disse ela. – Você só vai fazer uma coisa da qual vai se arrepender.

Ela o agarrava com muita força. Agora, os braços o envolviam pela cintura, e ele mal podia respirar.

– Droga – falou com voz ofegante. – Você não vai me largar?

– Não – disse ela. – Você precisa escutar.

– Já ouvi o suficiente. Já escutei tudo o que precisava saber.

– Sabe o que vai acontecer se sair por essa porta?

Em vez de responder, deu-lhe uma cotovelada com vontade. Acertou-a no lado do corpo e ela gemeu. Mas nem assim ela o soltou. Ele a atingiu outra vez enquanto ela o puxava para trás. Ela gemeu e o apertou com mais força. Era como se quisesse que ele continuasse a bater, para descarregar tudo nela.

– Se não me largar – rosnou –, vai acabar se machucando.

– Vá em frente, pode me bater. Está com os dois braços livres.

– Você está pedindo para sofrer.

Ela respirava em soluços entrecortados.

— Só estou pedindo para você me ouvir, só isso. Me escute. Quero que você vá para o seu quarto, faça suas malas e pegue um bonde. Vá lá para Uptown e fique lá. Com ela.

Ele soltou os braços, que penderam ao lado de seu corpo.

Bella afrouxou um pouco os braços.

— Você vai fazer isso?

Ele estava olhando para a porta. Não falou nada.

— Por favor, faça isso – disse Bella. – Vá, fique com ela e nunca mais volte para cá. Nem mesmo telefone. Ou escreva. Simplesmente se esqueça disso tudo. Esqueça que um dia morou nesta casa.

— Do jeito que você diz, parece fácil.

— Claro que é fácil. Você mesmo disse isso. É só uma questão de pagar a passagem de bonde – a voz dela foi cortada por um soluço. – Quinze centavos.

— É bem baratinho – disse ele. – Talvez barato demais. Acho que romper com todos os seus laços deve custar mais que isso.

Então, bem devagar, ele a segurou pelos pulsos e soltou os braços de sua cintura. Ela não olhou para ele quando se afastou e abriu passagem para a porta. Mas quando ouviu o som da maçaneta, fez uma última tentativa de segurá-lo, apelando pela única força que podia detê-lo agora.

— Meu Deus, não permita que ele faça isso – gemeu.

Mas a porta já estava aberta. Bella caiu de joelhos, chorando em silêncio. Pela janela viu-o sair da casa. Seu rosto parecia feito de pedra, um perfil branco e endurecido, muito claro em contraste com a escuridão da rua. Então ele atravessou a Vernon e ela viu o rumo que ele tomou. Ele seguiu em diagonal na direção do brilho baço e amarelado distante, a janela do Dugan's Den.

Capítulo 16

Quando entrou no bar, ele ouviu vozes e viu rostos, mas todo o resto era um borrão que não parecia real e nada significava. Seus olhos eram como lentes que examinavam os rostos à procura de Frank. Mas Frank não estava lá. Disse a si mesmo para se afastar da porta e esperar. Naquele instante alguém gritou:

– Venha para a festa.

Era a voz da velha magrela, Dora. Ela estava sentada com vários outros em duas mesas encostadas para o que parecia ser uma comemoração. Kerrigan focalizou os bebedores. Dora estava sentada entre Mooney e Nick Andros. As outras cadeiras estavam ocupadas pelo bêbado corcunda e Newton Channing. Ao lado de Channing havia uma cadeira vazia e a pessoa que a ocupara estava caída de cara no chão, completamente apagada. Ele olhou para a dorminhoca e viu o cabelo laranja e o corpo disforme de Frieda, amiga de Dora.

Ficou ali por alguns instantes olhando para Frieda. Ela estava com um braço esticado e ele notou algo que reluzia em seu dedo. Era uma pedra verde muito grande e ele viu na hora que era artificial.

– Custou uma fortuna – disse Dora. Ela inclinou-se sobre a mesa para cutucar o braço de Channing. – Vai, diz pra ele quanto custou.

– Três e noventa e cinco – disse Channing.

– Ouviu só? – gritou Dora para Kerrigan. Então cutucou Channing outra vez. – Agora diz a ele para que é isso. Diz pra ele por que estamos comemorando.

— Com prazer – disse Channing. Ele se levantou, cerimonioso. Estava vestindo uma camisa branca limpa e um terno de linho creme. Seu rosto estava sério quando ele fez uma mesura para a mulher caída no chão. Então fez uma reverência para Kerrigan e disse:

— Bem-vindo à nossa festinha. É uma festa de noivado.

— Pode ter certeza que é – berrou Dora. Ela enfiou a mão por entre a confusão de copos e garrafas e encontrou um copo grande cheio de gim. Enquanto erguia o copo, tentou se levantar para fazer um brinde, mas não conseguiu ficar de pé. Apoiou-se com todo o peso contra Mooney, derrubando um pouco de gim no ombro dele enquanto brindava dizendo para que todos ouvissem:

— A lua prateada beija o céu. As abelhinhas beijam as borboletas. O orvalho beija a relva. E vocês, meus amigos...*

— Pare com isso – interrompeu Nick Andros. Ele apontou para a cadeira vazia e gritou para Kerrigan. – Vamos, sente e beba alguma coisa.

Kerrigan não se moveu.

— Estou procurando meu irmão – disse ele. – Alguém aqui viu meu irmão?

— Que se dane seu irmão – disse Nick.

— Que se dane todo mundo – gritou Dora. – A lua prateada beija o céu...

— Você quer, por favor, calar a boca? – pediu Nick. Ele continuou insistindo para que Kerrigan tomasse a cadeira vazia.

Kerrigan olhou para Mooney.

---

* No original: "The yellow moon may kiss the sky, The bees may kiss the butterfly, The morning dew may kiss the grass, And you, my friends..." (N. do T.)

– Você viu o Frank?

Mooney sacudiu a cabeça devagar, seus olhos estavam semicerrados e ele parecia bêbado. Mas estava estudando o rosto de Kerrigan e, aos poucos, sua boca e seus olhos se abriram e ele se sentou ereto e firme. Tentou não passar daquele ponto, mas suas mãos estavam erguidas e caíram com força sobre a mesa derrubando uma garrafa que se espatifou no chão. Toda a conversa na mesa parou. O único som no ambiente era a música esganiçada que vinha de trás do balcão. Kerrigan olhou naquela direção e viu Dugan de pé com os braços cruzados, os olhos fechados, cantarolando a melodia que o levava para longe da Vernon Street.

Kerrigan caminhou na direção do bar e disse:

– Ei, Dugan.

Dugan abriu os olhos. O ritmo da música ficou um pouquinho mais lento.

– Meu irmão esteve aqui? – perguntou Kerrigan.

Dugan sacudiu a cabeça. Então fechou os olhos outra vez e voltou ao ritmo da canção.

Uma mão tocou o braço de Kerrigan. Ele se virou e viu Mooney. O rosto do pintor de tabuletas estava inexpressivo.

– Isso é o que eu acho que é? – perguntou baixo Mooney.

Kerrigan puxou o braço e o afastou da mão de Mooney.

– Volte para a mesa.

Mooney não se moveu.

– Por que você não me conta? – disse ele.

– Não é assunto seu. – Mas então ele se lembrou do retrato, da aquarela no quarto de Mooney. Olhou além de Mooney e disse: – Bem, acho que você tem o direito de saber. Andei juntando alguns fatos e acabei descobrindo a resposta.

Mooney ficou ali esperando.

Kerrigan fechou os olhos por um momento. Ele se ouviu dizer:

– O canalha que atacou a minha irmã foi o próprio irmão dela.

– Não – disse Mooney. – Não me diga isso. Você não pode me dizer isso.

– Mas eu estou dizendo.

– Você sabe o que está falando?

Kerrigan balançou a cabeça.

– Tem certeza? – A voz de Mooney estremeceu de leve. – Tem certeza absoluta?

– Eu cheguei a essa conclusão – disse Kerrigan. – Tudo confere.

– Você tem provas?

– Sei tudo o que preciso saber. Isso basta. – Ele baixou os olhos até as suas mãos. Os dedos estavam tensos e curvos, como se fossem garras.

– Vem provar uma bebida. Vou servir um duplo pra você – disse Mooney.

– Não – disse Kerrigan. – Não estou a fim. Só estou esperando ele entrar aqui.

– Olha, Bill...

Mas Kerrigan não estava olhando ou escutando. Não sentia o aperto de Mooney em seu braço e falou em um sussurro entrecortado:

– Vou esperar por ele aqui. Ele vai aparecer. E quando aparecer...

– Bill, pelo amor de Deus!

– Vou botá-lo no mesmo lugar onde ele botou ela. Dentro de um caixão.

Então tudo tornou-se outra vez um borrão. Ele

ouviu uma confusão de vozes que vinham da mesa onde Nick Andros estava dizendo a Dora para calar a boca e Newton Channing ria divertido de algum comentário do bêbado corcunda. De trás do bar, o cantarolar da música de Dugan era um fundo musical indistinto para o tilintar dos copos e das vozes dos bêbados. A situação continuou daquele jeito, com a voz de Mooney implorando que ele fosse para a mesa e bebesse a dose dupla, e sua própria voz dizendo a Mooney para deixá-lo em paz. De repente ele ouviu um som que não era o do toque de um copo no outro ou de um copo sobre a mesa ou as palavras proferidas por alguém. Foi o barulho da porta quando uma pessoa entrou vindo da rua.

Virou-se e viu seu irmão.

Ele se ouviu fazer um ruído que parecia ar saindo de um balão furado.

E depois daquilo não houve mais qualquer som. Nem mesmo de Dugan.

O silêncio se prolongou da mesma maneira que um elástico se estica, chega a um ponto em que não pode se esticar mais, e as fibras arrebentam. Naquele instante, quando se moveu, sentiu as mãos de Mooney tentando segurá-lo. Seu braço acertou as costelas do pintor como se fosse uma foice.

Mooney voou meio bar até bater em uma mesa. Caiu sobre ela e derrubou uma cadeira com ele quando foi ao chão. Tentou se levantar, mas não conseguiu. Estava deitado de lado com dificuldade para respirar. Viu Kerrigan se lançar contra Frank e agarrá-lo pelo pescoço.

– Não posso deixar você viver – disse Kerrigan. – Não posso.

Os olhos de Frank saltaram. Seu rosto estava ficando azul.

— A própria irmã – disse Kerrigan. – Você desgraçou sua própria irmã. – Então dirigiu-se a todos no bar e a todos os rostos invisíveis além daquele lugar. – Como eu posso deixar ele viver?

Ele apertou com mais força. Houve um som gorgolejante. Mas não vinha de Frank. Vinha de sua própria garganta, como se ele estivesse esmagando a própria carne, interrompendo o fluxo do próprio sangue. Disse a si mesmo para fechar os olhos, não queria ver o que estava fazendo. Mas seus olhos não se fecharam. Ele via os movimentos convulsivos da boca escancarada de Frank. Percebeu que Frank estava tentando dizer-lhe algo.

Seus dedos reduziram a pressão. Ouviu Frank dizer, com voz ofegante:

— Não fui eu.

Soltou as mãos. Frank estava de joelhos, tentando tossir, tentando falar, emitindo sons engasgados que, aos poucos, deram espaço para suspiros.

— Fale – rosnou Kerrigan. – Fale logo.

— Não fui eu – repetiu Frank. – Juro que não.

O bar ficou em completo silêncio por alguns instantes. Mas naquela imobilidade havia a sensação de que algo estava correndo pelo ar, girando e girando prestes a virar tudo de cabeça para baixo.

Frank tentou se levantar do chão. Cambaleou de lado e se apoiou com todo o peso no balcão do bar. Estava com os olhos bem fechados e os punhos cerrados apoiados nas têmporas.

— Vai falar? – insistiu Kerrigan.

Mas Frank não ouviu. Parecia estar sozinho consigo mesmo. Então, aos poucos, seus olhos se abriram e ele olhou para o teto. As mãos estavam abaixadas, os braços pendiam ao lado do corpo, e ele falou para o que quer que estivesse vendo no teto:

– Agora estou entendendo – sussurrou. – Eu finalmente estou entendendo.

Então tudo ficou em silêncio outra vez. A boca de Kerrigan estava aberta mas ele não conseguia falar. Estava tentando ordenar seus pensamentos, os pensamentos vazios que não se encaixavam, que não faziam sentido e o haviam prendido em algum ponto entre o ódio gelado e os abismos enevoados da perplexidade.

Finalmente ouviu Frank falar:

– Finalmente consegui me lembrar. Consegui me lembrar de tudo.

– Canta logo.

A voz de Frank estava equilibrada e calma.

– Na noite em que aconteceu eu estava completamente fora do ar. Não consigo me lembrar onde eu fui ou o que eu fiz. E durante todos esses meses só ficou pior e pior, até que chegou ao ponto em que eu desisti de tentar. Disse a mim mesmo que tinha sido eu quem fizera aquilo. Eu acreditava mesmo que tinha sido eu.

Kerrigan falou pausadamente, o som saindo afiado por entre seus lábios apertados.

– Tem certeza que não foi você? Tem certeza absoluta?

– Não podia ter sido eu – disse Frank. Então, com certeza absoluta do que estava dizendo, sem tentar forçar, só falando porque era verdade: – Passei aquela noite numa espelunca na Second. Entrei antes de escurecer e só saí de lá na tarde do dia seguinte.

Kerrigan apertou os olhos. Estava estudando o rosto de Frank.

– Estou angustiado com isso há muito tempo – disse Frank. – É como se um ferro estivesse sendo enfiado na minha cabeça. Não consigo mais dormir, nem comer e, às vezes, mal consigo respirar.

Kerrigan não falou nada. Sentia a verdade saindo dos olhos de Frank. Ele o ouviu dizer:

– Um ferro na minha cabeça, é isso o que era. E sempre que você olhava pra mim, esse ferro entrava mais fundo. Como se você estivesse me dizendo a mesma coisa que eu dizia para mim mesmo. A situação chegou a tal ponto que eu não agüentei mais.

– Foi por isso que contratou os dois gorilas?

Frank assentiu.

– Eu devo ter pirado, devia estar louco pra querer ver você fora do caminho. Devo ter achado que o único jeito de me livrar daquele ferro era enfiar ele em você.

Kerrigan respirou fundo. Era mais um suspiro, como se tivesse tirado um peso terrível do peito.

– Você arrancou isso de mim – disse, e deu um leve sorriso e esfregou a garganta. – Me apertou com força o suficiente para soltar aquele ferro. Agora ele saiu.

Kerrigan sorriu. Botou a mão no ombro de Frank, que sorriu para ele com uma boca que não se retorcia e olhos que não estavam vidrados.

– Agora eu estou bem – disse Frank. – Está vendo? Agora eu estou bem.

Kerrigan balançou a cabeça. Olhou além de Frank. O sorriso aos poucos sumiu de seus lábios quando pensou em Catherine. E ele estava dizendo para si mesmo: "Você ainda não sabe quem foi".

E, bem devagar, ele sentiu a resposta surgir.

Capítulo 17

Ele ficou ali parado e disse a si mesmo que estava quase descobrindo a resposta. Sabia que não tinha qualquer ligação com o rosto ou o nome de qualquer homem. Seus olhos estavam focados na janela que dava para a Vernon Street. Ele olhou para fora, para além do vidro engordurado, e viu a lua refletida nos paralelepípedos irregulares. Era um brilho amarelo-esverdeado que cruzava toda a Vernon e formava poças de luz na sarjeta. Ele viu aquilo reluzir na calçada esburacada, seguir adiante rumo a todos os becos escuros onde inúmeras criaturas da noite brincavam de esconde-esconde.

E não importava onde os mais fracos se escondessem, eles nunca conseguiriam escapar da lua da Vernon. Estavam presos, condenados. Cedo ou tarde eles seriam espancados, surrados e esmagados. Iam aprender do jeito mais difícil que a Vernon Street não era lugar para corpos delicados ou almas tímidas. Eram presas, só isso, estavam destinados ao bucho daquele devorador sempre faminto: a sarjeta da Vernon.

Ele olhou para a rua iluminada pelo luar e disse, sem emitir som: "Você fez isso com Catherine. Você".

Era como se a rua pudesse ouvir. Sentiu que ela respondia com escárnio. Uma voz rouca parecia dizer: "E daí? O que você vai fazer?".

Ele procurou uma resposta.

E a rua continuou a zombar, dizendo: "Sua irmã não agüentou, e você também não". E ela escolheu aquele momento para exibir seu trunfo. Abriu a porta do Dugan's Den e mostrou a ele a garota de sonhos de cabelos dourados de Uptown. Quando viu Loretta, pôde escutar a rua lhe dizer: "Bem, olhe ela aí. Veio tomar sua mão e tirar você da sarjeta".

Loretta estava andando em sua direção. Algo tremia em seu cérebro e ele pensou: "Ela me lembra alguém". Então tudo estava ali, a memória das esperanças que tivera para Catharine e para si mesmo, as esperanças que perdera em um beco escuro e ansiava por reencontrar.

Mas os ruídos do bar interferiram. Duas moedas de dez tilintaram na mesa quando Dugan serviu um drinque para Frank. À mesa, Nick Andros serviu gim para Dora.

– Diga quando estiver bom – disse Nick, mas Dora não respondeu, pois o gim não tinha qualquer ligação com o tempo.

Quando o gim transbordou pela borda do copo, Kerrigan olhou na direção da mesa. Viu que Frieda tentava se levantar do chão. Mooney estava fazendo o mesmo e os dois quase bateram as cabeças quando ficaram de pé. Frieda cambaleou para trás e deu um encontrão no bêbado corcunda. Channing segurou-a e tentou equilibrá-la.

– Me solta, droga, eu consigo ficar em pé sozinha – disse ela.

Dora soltou um grito de aprovação que encorajou Frieda a declarar:

– Não ponha as mãos em mim a menos que eu diga a você para fazer isso – disse ela para Channing.

Channing deu de ombros. Preferiu deixar para lá. Mas Andros franziu o cenho e expressou o ponto de vista do macho ao dizer:

– Você está usando um anel de noivado dado por ele. Ele é seu noivo.

Frieda piscou, baixou o olhar para o anel e com um giro forte o arrancou. Por alguns instantes pareceu relutar em se separar da pedra verde. Segurou o anel com força, olhando de cara fechada para ele. Então, de repente, colocou-o na mesa, na frente de Channing. A voz dela estava baixa e calma quando disse:

– Pode levar de volta. Esta aqui é uma mulher gatinha independente.

Por um instante Channing ficou ali sentado sem nada nos olhos enquanto refletia sobre aquilo. Então, com outro dar de ombros, guardou o anel no bolso do paletó. Isso estava resolvido. Então sorriu para Frieda e disse:

– Quer uma bebida?

Frieda balançou a cabeça enfática. Sentou-se ao lado dele e o observou servir o gim. Ergueu o copo e disse em voz alta:

– Isso aqui é tudo o que eu preciso de um homem. Mesmo de um homem que usa camisas limpas. – Mas então, como se estivesse segurando a cabeça dele com uma mão para bater com a outra, deu uns tapinhas no rosto de Channing e falou com voz suave: – Não leva a mal, querido. Você é uma gracinha. É muito bom sentar aqui e beber com você. Mas isso é o mais longe que podemos ir. Afinal, cada macaco no seu galho, não é?

"É verdade", pensou Kerrigan. Olhou para Loretta, que estava ali de pé esperando que ele dissesse algo. Os olhos dele viram o que ela tinha no dedo: a argola de fichário do Grego. O cérebro dele disse: "Sem chance. Ela vai ter que tirar isso fora". E seu coração doeu quando olhou para o rosto dela. Sua expressão lhe dizia que ela sabia o que ele estava pensando, e que seu coração também sofria com isso.

– Tenho que conversar com o Grego – disse ele. –

Ele vai se livrar dessa certidão. Ele só precisa acender um fósforo.

Ela não falou nada. Olhou para o anel no dedo. Começou a tirá-lo, mas ele queria ficar ali, como se fosse uma parte dela que implorava para não ser arrancada.

– Vai sair. É só afrouxar a argola – disse ele.

Os olhos dela estavam enchacados.

– Se nós pudéssemos...

– Mas não podemos – disse ele. – Não vê como são as coisas? Somos de mundos diferentes. Não posso viver seu tipo de vida e você não pode viver o meu. Não é culpa de ninguém. As coisas simplesmente são assim.

Ela balançou a cabeça devagar. Então o anel saiu. Caiu de sua mão inerte, rolou pelo chão e correu para baixo do balcão onde desapareceu na escuridão de todos os sonhos perdidos. Ele ouviu seu último tilintar, um barulhinho muito triste que acompanhou a voz dela quando disse adeus. Então ouviu o barulho dos próprios passos saindo do Dugan's Den.

Quando chegou na calçada para atravessar os paralelepípedos da Vernon, seu andar estava pesado, os passos sólidos no chão sólido. Ele seguiu com passadas largas que diziam a cada pedra que ela estava ali para ser pisada e que ele sabia muito bem como andar naquela rua, como lidar com cada buraco e saliência na sarjeta. Passou por todos eles e chegou na porta da casa onde morava. Quando abriu a porta, de repente se lembrou que estava morrendo de fome.

Na sala, Bella estava deitada de cara no sofá. Ele deu um tapa na bunda dela.

– Levanta – disse ele. – Faz alguma coisa pra eu comer.

Sobre o autor

David Goodis nasceu em 2 de março de 1917, na cidade de Filadélfia. Seu primeiro romance, *Retreat from Oblivion*, foi publicado em 1938, quando tinha apenas 21 anos. Ele ganhou certa notoriedade em 1946, com a publicação de *Dark passage*, que foi levado às telas de cinema sob o mesmo nome (o filme foi lançado no Brasil como *Prisioneiro do passado*), estrelado por Humphrey Bogart e Lauren Bacall. Trabalhou como roteirista para a Warner Brothers, como era comum entre escritores da época. O interlúdio com o mundo do cinema não teve muito êxito e ele voltou à cidade natal em 1950, para morar com os pais e continuar escrevendo romances em um ritmo frenético. *Cassidy's girl* (*A garota de Cassidy*) foi publicado em 1951, *Of tender sin* e *Street of the lost*, em 1952, *The burglar* e *The moon in the gutter* (*A lua na sarjeta*, Brasiliense, 1984; L&PM, 2005), em 1953, *Street of no return*, *Black friday* (*Sexta-feira negra*, L&PM, 1989) e *Blonde on the street corner*, em 1954, e *The wounded and the slain*, em 1955.

Em 1956, publicou aquela que se tornaria a sua mais famosa obra, *Down there*. Em 1960, o livro viraria filme nas mãos do cineasta francês François Truffaut, que escalou o então jovem Charles Aznavour para o papel do surpreendente pianista de bar. O filme foi batizado como *Tirez sur le pianiste* (*Atire no pianista*), daí o nome com o qual o livro foi publicado no Brasil (Abril Cultural, 1984). Os livros de David Goodis, mais *noir* do que propriamente policiais, abordando existências sórdidas, marginalizadas e deprimentes, fizeram sucesso primeiro na Europa, ao passo que nos Estados Unidos foram eclipsados por Dashiell Hammett, Raymond Chandler e James Cain. Estes eram bem mais velhos que Goodis e já tinham conquistado a crítica e o público durante as décadas de 40 e 50. David Goodis morreu desconhecido – considerando-se o reconhecimento que sua obra obteve posteriormente –, em 7 de janeiro de 1967, aos cinqüenta anos de idade.

Seus outros livros são *Nightfall* (1947), *Behold this woman* (1947), *Of missing persons* (1950), *Night squad* (1961), *Somebody's done for* (1967) e *Fire in the flesh* (1957). No total, Goodis escreveu dezessete romances, além de contos, roteiros para cinema e para novelas de rádio. Mais de dez filmes foram realizados a partir de livros seus, entre os quais *La Lune dans le Caniveau*, produção franco-italiana de 1983, com direção de Jean Jacques Beineix e Gérard Départdieu e Natassja Kinski no elenco.

Coleção L&PM POCKET

6. De vagões e vagabundos – Jack London
7. O homem bicentenário – Isaac Asimov
8. A viuvinha – José de Alencar
9. Livro das cortesãs – Org. de Sergio Faraco
10. Últimos poemas – Pablo Neruda
11. A moreninha – Joaquim Manuel de Macedo
12. Cinco minutos – José de Alencar
13. Saber envelhecer e a amizade – Cícero
14. Enquanto a noite não chega – J. Guimarães
15. Tufão – Joseph Conrad
16. Aurélia – Gérard de Nerval
17. I-Juca-Pirama – Gonçalves Dias
18. Fábulas de Esopo
19. Teresa Filósofa – Anônimo do Séc. XVIII
20. Avent. inéditas de Sherlock Holmes – A. C. Doyle
21. Quintana de bolso – Mario Quintana
22. Antes e depois – Paul Gauguin
23. A morte de Olivier Bécaille – Émile Zola
24. Iracema – José de Alencar
25. Iaiá Garcia – Machado de Assis
26. Utopia – Tomás Morus
27. Sonetos para amar o amor – Camões
28. Carmem – Prosper Mérimée
29. Senhora – José de Alencar
30. Hagar, o horrível 1 – Dik Browne
31. O coração das trevas – Joseph Conrad
32. Um estudo em vermelho – Conan Doyle
33. Todos os sonetos – Augusto dos Anjos
34. A propriedade é um roubo – P.-J. Proudhon
35. Drácula – Bram Stoker
36. O marido complacente – Sade
37. De profundis – Oscar Wilde
38. Sem plumas – Woody Allen
39. Os bruzundangas – Lima Barreto
40. O cão dos Baskervilles – Conan Doyle
41. Paraísos artificiais – Charles Baudelaire
42. Cândido, ou o otimismo – Voltaire
43. Triste fim de Policarpo Quaresma – Lima Barreto
44. Amor de perdição – Camilo Castelo Branco
45. Megera domada – Shakespeare/Millôr
46. O mulato – Aluísio Azevedo
47. O alienista – Machado de Assis
48. O livro dos sonhos – Jack Kerouac
49. Noite na taverna – Álvares de Azevedo
100. Aura – Carlos Fuentes
102. Contos gauchescos e Lendas do sul – Simões Lopes Neto
103. O cortiço – Aluísio Azevedo
104. Marília de Dirceu – T. A. Gonzaga
105. O Primo Basílio – Eça de Queiroz
106. O ateneu – Raul Pompéia
107. Um escândalo na Boêmia – Conan Doyle
108. Contos – Machado de Assis
109. 200 Sonetos – Luis Vaz de Camões
110. O príncipe – Maquiavel
111. A escrava Isaura – Bernardo Guimarães
112. O solteirão nobre – Conan Doyle
114. Shakespeare de A a Z – W. Shakespeare
115. A relíquia – Eça de Queiroz
117. O livro do corpo – Vários
118. Lira dos 20 anos – Álvares de Azevedo
119. Esaú e Jacó – Machado de Assis
120. A barcarola – Pablo Neruda
121. Os conquistadores – Júlio Verne
122. Contos breves – G. Apollinaire
123. Taipi – Herman Melville
124. Livro dos desafioros – Org. de S. Faraco
125. A mão e a luva – Machado de Assis
126. Doutor Miragem – Moacyr Scliar
127. O penitente – Isaac B. Singer
128. Diários da descoberta da América – C.Colombo
129. Édipo Rei – Sófocles
130. Romeu e Julieta – William Shakespeare
131. Hollywood – Charles Bukowski
132. Billy the Kid – Pat Garrett
133. Cuca fundida – Woody Allen
134. O jogador – Dostoiévski
135. O livro da selva – Rudyard Kipling
136. O vale do terror – Conan Doyle
137. Dançar tango em Porto Alegre – S. Faraco
138. O gaúcho – Carlos Reverbel
139. A volta ao mundo em oitenta dias – J. Verne
140. O livro dos esnobes – W. M. Thackeray
141. Amor & morte em Poodle Springs – Raymond Chandler & R. Parker
142. As aventuras de David Balfour – Stevenson
143. Alice no país das maravilhas – Lewis Carroll
144. A ressurreição – Machado de Assis
145. Inimigos, uma história de amor – I. Singer
146. O Guarani – José de Alencar
147. Cidade e as serras – Eça de Queiroz
148. Eu e outras poesias – Augusto dos Anjos
149. A mulher de trinta anos – Balzac
150. Pomba enamorada – Lygia F. Telles
151. Contos fluminenses – Machado de Assis
152. Antes de Adão – Jack London
153. Intervalo amoroso – A.Romano de Sant'Anna
154. Memorial de Aires – Machado de Assis
155. Naufrágios e comentários – Cabeza de Vaca
156. Ubirajara – José de Alencar
157. Textos anarquistas – Bakunin
158. O pirotécnico Zacarias – Murilo Rubião
159. Amor de salvação – Camilo Castelo Branco
160. O gaúcho – José de Alencar
161. O Livro das maravilhas – Marco Polo
162. Inocência – Visconde de Taunay
163. Helena – Machado de Assis
164. Uma estação de amor – Horácio Quiroga

165. **Poesia reunida** – Martha Medeiros
166. **Memórias de Sherlock Holmes** – Conan Doyle
167. **A vida de Mozart** – Stendhal
168. **O primeiro terço** – Neal Cassady
169. **O mandarim** – Eça de Queiroz
170. **Um espinho de marfim** – Marina Colasanti
171. **A ilustre Casa de Ramires** – Eça de Queiroz
172. **Lucíola** – José de Alencar
173. **Antígona** – Sófocles – trad. Donaldo Schüler
174. **Otelo** – William Shakespeare
175. **Antologia** – Gregório de Matos
176. **A liberdade de imprensa** – Karl Marx
177. **Casa de pensão** – Aluísio Azevedo
178. **São Manuel Bueno, Mártir** – Unamuno
179. **Primaveras** – Casimiro de Abreu
180. **O noviço** – Martins Pena
181. **O sertanejo** – José de Alencar
182. **Eurico, o presbítero** – Alexandre Herculano
183. **O signo dos quatro** – Conan Doyle
184. **Sete anos no Tibet** – Heinrich Harrer
185. **Vagamundo** – Eduardo Galeano
186. **De repente acidentes** – Carl Solomon
187. **As minas de Salomão** – Rider Haggar
188. **Uivo** – Allen Ginsberg
189. **A ciclista solitária** – Conan Doyle
190. **Os seis bustos de Napoleão** – Conan Doyle
191. **Cortejo do divino** – Nelida Piñon
192. **Cassino Royale** – Ian Fleming
193. **Viva e deixe morrer** – Ian Fleming
194. **Os crimes do amor** – Marques de Sade
195. **Besame Mucho** – Mário Prata
196. **Tuareg** – Alberto Vázquez-Figueroa
197. **O longo adeus** – Raymond Chandler
198. **Os diamantes são eternos** – Ian Fleming
199. **Notas de um velho safado** – C. Bukowski
200. **111 ais** – Dalton Trevisan
201. **O nariz** – Nicolai Gogol
202. **O capote** – Nicolai Gogol
203. **Macbeth** – William Shakespeare
204. **Heráclito** – Donaldo Schüler
205. **Você deve desistir, Osvaldo** – Cyro Martins
206. **Memórias de Garibaldi** – A. Dumas
207. **A arte da guerra** – Sun Tzu
208. **Fragmentos** – Caio Fernando Abreu
209. **Festa no castelo** – Moacyr Scliar
210. **O grande deflorador** – Dalton Trevisan
211. **Corto Maltese na Etiópia** – Hugo Pratt
212. **Homem do príncipio ao fim** – Millôr Fernandes
213. **Aline e seus dois namorados** – A. Iturrusgarai
214. **A juba do leão** – Sir Arthur Conan Doyle
215. **Assassino metido a esperto** – R. Chandler
216. **Confissões de um comedor de ópio** – T. De Quincey
217. **Os sofrimentos do jovem Werther** – Goethe
218. **Fedra** – Racine – Trad. Millôr Fernandes
219. **O vampiro de Sussex** – Conan Doyle
220. **Sonho de uma noite de verão** – Shakespeare
221. **Dias e noites de amor e de guerra** – Galeano
222. **O Profeta** – Khalil Gibran
223. **Flávia, cabeça, tronco e membros** – M. Fernandes
224. **Guia da ópera** – Jeanne Suhamy
225. **Macário** – Álvares de Azevedo
226. **Etiqueta na Prática** – Celia Ribeiro
227. **Manifesto do partido comunista** – Marx & Engels
228. **Poemas** – Millôr Fernandes
229. **Um inimigo do povo** – Henrik Ibsen
230. **O paraíso destruído** – Frei B. de las Casas
231. **O gato no escuro** – Josué Guimarães
232. **O mágico de Oz** – L. Frank Baum
233. **Armas no Cyrano's** – Raymond Chandler
234. **Max e os felinos** – Moacyr Scliar
235. **Nos céus de Paris** – Alcy Cheuiche
236. **Os bandoleiros** – Schiller
237. **A primeira coisa que eu botei na boca** – Deonísio da Silva
238. **As aventuras de Simbad, o marújo**
239. **O retrato de Dorian Gray** – Oscar Wilde
240. **A carteira de meu tio** – J. Manuel de Macedo
241. **A luneta mágica** – J. Manuel de Macedo
242. **A metamorfose** – Kafka
243. **A flecha de ouro** – Joseph Conrad
244. **A ilha do tesouro** – R. L. Stevenson
245. **Marx - Vida & Obra** – José A. Giannotti
246. **Gênesis**
247. **Unidos para sempre** – Ruth Rendell
248. **A arte de amar** – Ovídio
249. **O sono eterno** – Raymond Chandler
250. **Novas receitas do Anonymus Gourmet** – J.A.P.M
251. **A nova catacumba** – Conan Doyle
252. **O Dr. Negro** – Sir Arthur Conan Doyle
253. **Os voluntários** – Moacyr Scliar
254. **A bela adormecida** – Irmãos Grimm
255. **O príncipe sapo** – Irmãos Grimm
256. **Confissões e Memórias** – H. Heine
257. **Viva o Alegrete** – Sergio Faraco
258. **Vou estar esperando** – R. Chandler
259. **A senhora Beate e seu filho** – Schnitzler
260. **O ovo apunhalado** – Caio Fernando Abreu
261. **O ciclo das águas** – Moacyr Scliar
262. **Millôr Definitivo** – Millôr Fernandes
264. **Viagem ao centro da terra** – Júlio Verne
265. **A dama do lago** – Raymond Chandler
266. **Caninos brancos** – Jack London
267. **O médico e o monstro** – R. L. Stevenson
268. **A tempestade** – William Shakespeare
269. **Assassinatos na rua Morgue** – E. Allan Po
270. **99 corruíras nanicas** – Dalton Trevisan
271. **Broquéis** – Cruz e Sousa
272. **Mês de cães danados** – Moacyr Scliar
273. **Anarquistas - vol. 1 - A idéia** – G. Woodcock
274. **Anarquistas - vol. 2 - O movimento** – G Woodcoc
275. **Pai e filho, filho e pai** – Moacyr Scliar
276. **As aventuras de Tom Sawyer** – Mark Twain
277. **Muito barulho por nada** – W. Shakespeare
278. **Elogio à Loucura** – Erasmo
279. **Autobiografia de Alice B. Toklas** – G. Stein
280. **O chamado da floresta** – J. London

281. Uma agulha para o diabo – Ruth Rendell
282. Verdes vales do fim do mundo – A. Bivar
283. Ovelhas negras – Caio Fernando Abreu
284. O fantasma de Canterville – O. Wilde
285. Receitas de Yayá Ribeiro – Celia Ribeiro
286. A galinha degolada – H. Quiroga
287. O último adeus de Sherlock Holmes – A. Conan Doyle
288. A. Gourmet *em* Histórias de cama & mesa – J. A. Pinheiro Machado
289. Topless – Martha Medeiros
290. Mais receitas do Anonymous Gourmet – J. A. Pinheiro Machado
291. Origens do discurso democrático – D. Schüler
292. Humor politicamente incorreto – Nani
293. O teatro do bem e do mal – E. Galeano
294. Garibaldi & Manoela – J. Guimarães
295. 10 dias que abalaram o mundo – John Reed
296. Numa fria – Charles Bukowski
297. Poesia de Florbela Espanca vol. 1
298. Poesia de Florbela Espanca vol. 2
299. Escreva certo – É. Oliveira e M. E. Bernd
300. O vermelho e o negro – Stendhal
301. Ecce homo – Friedrich Nietzsche
302. Comer bem, sem culpa – Dr. Fernando Lucchese, A. Gourmet e Iotti
303. O livro de Cesário Verde – Cesário Verde
304. O reino das cebolas – C. Moscovich
305. 100 receitas de macarrão – S. Lancellotti
306. 160 receitas de molhos – S. Lancellotti
307. 100 receitas light – H. e Â. Tonetto
308. 100 receitas de sobremesas – Celia Ribeiro
309. Mais de 100 dicas de churrasco – Leon Diziekaniak
310. 100 receitas de acompanhamentos – C. Cabeda
311. Honra ou vendetta – S. Lancellotti
312. A alma do homem sob o socialismo – O. Wilde
313. Tudo sobre Yôga – Mestre De Rose
314. Os varões assinalados – Tabajara Ruas
315. Édipo em Colono – Sófocles
316. Lisístrata – Aristófanes/ trad. Millôr
317. Sonhos de Bunker Hill – John Fante
318. Os deuses de Raquel – Moacyr Scliar
319. O colosso de Marússia – Henry Miller
320. As eruditas – Molière/ trad. Millôr
321. Radicci 1 – Iotti
322. Os Sete contra Tebas – Ésquilo
323. Brasil Terra à Vista – Eduardo Bueno
324. Radicci 2 – Iotti
325. Júlio César – William Shakespeare
326. A carta de Pero Vaz de Caminha
327. Cozinha Clássica – Sílvio Lancellotti
328. Madame Bovary – Gustave Flaubert
329. Dicionário do viajante insólito – M. Scliar
330. O capitão saiu para o almoço... – Bukowski
331. A carta roubada – Edgar Allan Poe
332. É tarde para saber – Josué Guimarães
333. O livro de bolso da Astrologia – Maggy Harrissonx e Mellina Li
334. 1933 foi um ano ruim – John Fante
335. 100 receitas de arroz – Aninha Comas
336. Guia prático do Português correto – vol. 1 – Cláudio Moreno
337. Bartleby, o escriturário – H. Melville
338. Enterrem meu coração na curva do rio – Dee Brown
339. Um conto de Natal – Charles Dickens
340. Cozinha sem segredos – J. A. P. Machado
341. A dama das Camélias – A. Dumas Filho
342. Alimentação saudável – H. e Â. Tonetto
343. Continhos galantes – Dalton Trevisan
344. A Divina Comédia – Dante Alighieri
345. A Dupla Sertanojo – Santiago
346. Cavalos do amanhecer – Mario Arregui
347. Biografia de Vincent van Gogh por sua cunhada – Jo van Gogh-Bonger
348. Radicci 3 – Iotti
349. Nada de novo no front – E. M. Remarque
350. A hora dos assassinos – Henry Miller
351. Flush - Memórias de um cão – Virginia Woolf
352. A guerra no Bom Fim – M. Scliar
353. (1). O caso Saint-Fiacre – Simenon
354. (2). Morte na alta sociedade – Simenon
355. (3). O cão amarelo – Simenon
356. (4). Maigret e o homem do banco – Simenon
357. As uvas e o vento – Pablo Neruda
358. On the road – Jack Kerouac
359. O coração amarelo – Pablo Neruda
360. Livro das perguntas – Pablo Neruda
361. Noite de Reis – William Shakespeare
362. Manual de Ecologia – vol.1 – J. Lutzenberger
363. O mais longo dos dias – Cornelius Ryan
364. Foi bom prá você? – Nani
365. Crepusculário – Pablo Neruda
366. A comédia dos erros – Shakespeare
367. (5). A primeira investigação de Maigret – Simenon
368. (6). As férias de Maigret – Simenon
369. Mate-me por favor (vol.1) – L. McNeil
370. Mate-me por favor (vol.2) – L. McNeil
371. Carta ao pai – Kafka
372. Os Vagabundos iluminados – J. Kerouac
373. (7). O enforcado – Simenon
374. (8). A fúria de Maigret – Simenon
375. Vargas, uma biografia política – H. Silva
376. Poesia reunida (vol.1) – A. R. de Sant'Anna
377. Poesia reunida (vol.2) – A. R. de Sant'Anna
378. Alice no país do espelho – Lewis Carroll
379. Residência na Terra 1 – Pablo Neruda
380. Residência na Terra 2 – Pablo Neruda
381. Terceira Residência – Pablo Neruda
382. O delírio amoroso – Bocage
383. Futebol ao sol e à sombra – E. Galeano
384. (9). O porto das brumas – Simenon
385. (10). Maigret e seu morto – Simenon
386. Radicci 4 – Iotti
387. Boas maneiras & sucesso nos negócios – Celia Ribeiro

388. **Uma história Farroupilha** – M. Scliar
389. **Na mesa ninguém envelhece** – J. A. P. Machado
390. **200 receitas inéditas do Anonymus Gourmet** – J. A. Pinheiro Machado
391. **Guia prático do Português correto – vol.2** – Cláudio Moreno
392. **Breviário das terras do Brasil** – Luis A. de Assis Brasil
393. **Cantos Cerimoniais** – Pablo Neruda
394. **Jardim de Inverno** – Pablo Neruda
395. **Antonio e Cleópatra** – William Shakespeare
396. **Tróia** – Cláudio Moreno
397. **Meu tio matou um cara** – Jorge Furtado
398. **O anatomista** – Federico Andahazi
399. **As viagens de Gulliver** – Jonathan Swift
400. **Dom Quixote – v.1** – Miguel de Cervantes
401. **Dom Quixote – v.2** – Miguel de Cervantes
402. **Sozinho no Pólo Norte** – Thomas Brandolin
403. **Matadouro Cinco** – Kurt Vonnegut
404. **Delta de Vênus** – Anaïs Nin
405. **Hagar 2** – Dick Browne
406. **É grave Doutor?** – Nani
407. **Orai pornô** – Nani
408. **(11). Maigret em Nova York** – Simenon
409. **(12). O assassino sem rosto** – Simenon
410. **(13). O mistério das jóias roubadas** – Simenon
411. **A irmãzinha** – Raymond Chandler
412. **Três contos** – Gustave Flaubert
413. **De ratos e homens** – John Steinbeck
414. **Lazarilho de Tormes**
415. **Triângulo das águas** – Caio Fernando Abreu
416. **100 receitas de carnes** – Sílvio Lancellotti
417. **Histórias de robôs: volume 1** – Isaac Asimov
418. **Histórias de robôs: volume 2** – Isaac Asimov
419. **Histórias de robôs: volume 3** – Isaac Asimov
420. **O país dos centauros** – Tabajara Ruas
421. **A república de Anita** – Tabajara Ruas
422. **A carga dos lanceiros** – Tabajara Ruas
423. **Um amigo de Kafka** – Isaac Singer
424. **As alegres matronas de Windsor** – Shakespeare
425. **Amor e exílio** – Isaac Bashevis Singer
426. **Use & abuse do seu signo** – Marília Fiorillo e Marylou Simonsen
427. **Pigmaleão** – Bernard Shaw
428. **As fenícias** – Eurípides
429. **Everest** – Thomaz Brandolin
430. **A arte de furtar** – Anônimo do séc. XVI
431. **Billy Bud** – Herman Melville
432. **A rosa separada** – Pablo Neruda
433. **Elegia** – Pablo Neruda
434. **A garota de Cassidy** – David Goodis
435. **Como fazer a guerra: máximas de Napoleão**
436. **Poemas de Emily Dickinson**
437. **Gracias por el fuego** – Mario Benedetti
438. **O sofá** – Crébillon Fils
439. **O "Martín Fierro"** – Jorge Luis Borges
440. **Trabalhos de amor perdidos** – W. Shakespeare
441. **O melhor de Hagar 3** – Dik Browne
442. **Os Maias (volume 1)** – Eça de Queiroz
443. **Os Maias (volume 2)** – Eça de Queiroz
444. **Anti-Justine** – Restif de La Bretonne
445. **Juventude** – Joseph Conrad
446. **Singularidades de uma rapariga loura** – Eça de Queiroz
447. **Janela para a morte** – Raymond Chandler
448. **Um amor de Swann** – Marcel Proust
449. **À paz perpétua** – Immanuel Kant
450. **A conquista do México** – Hernan Cortez
451. **Defeitos escolhidos e 2000** – Pablo Neruda
452. **O casamento do céu e do inferno** – William Blake
453. **A primeira viagem ao redor do mundo** – Antonio Pigafetta
454. **(14). Uma sombra na janela** – Simenon
455. **(15). A noite da encruzilhada** – Simenon
456. **(16). A velha senhora** – Simenon
457. **Sartre** – Annie Cohen-Solal
458. **Discurso do método** – René Descartes
459. **Garfield em grande forma** – Jim Davis
460. **Garfield está de dieta** – Jim Davis
461. **O livro das feras** – Patricia Highsmith
462. **Viajante solitário** – Jack Kerouac
463. **Auto da barca do inferno** – Gil Vicente
464. **O livro vermelho dos pensamentos de Millôr** – Millôr Fernandes
465. **O livro dos abraços** – Eduardo Galeano
466. **Voltaremos!** – José Antonio Pinheiro Machado
467. **Rango** – Edgar Vasques
468. **Dieta Mediterrânea** – Dr. Fernando Lucchese e José Antonio Pinheiro Machado
469. **Radicci 5** – Iotti
470. **Pequenos pássaros** – Anaïs Nin
471. **Guia prático do Português correto – vol.3** – Cláudio Moreno
472. **Atire no Pianista** – David Goodis
473. **Antologia Poética** – García Lorca
474. **Alexandre e César** – Plutarco
475. **Uma espiã na casa do amor** – Anaïs Nin
476. **A gorda do Tiki Bar** – Dalton Trevisan
477. **Garfield um gato de peso** – Jim Davis
478. **Canibais** – David Coimbra
479. **A arte de escrever** – Arthur Schopenhauer
480. **Pinóquio** – Carlo Collodi
481. **Misto-quente** – Charles Bukowski
482. **A lua na sarjeta** – David Goodis

Coleção **L&PM** POCKET / Saúde

1. **Pílulas para viver melhor** – Dr. Lucchese
2. **Pílulas para prolongar a juventude** – Dr. Lucchese
3. **Desembarcando o Diabetes** – Dr. Lucchese
4. **Desembarcando o Sedentarismo** – Dr. Fernando Lucchese e Cláudio Castro
5. **Desembarcando a Hipertensão** – Dr. Lucchese
6. **Desembarcando o Colesterol** – Dr. Fernando Lucchese e Fernanda Lucchese